L'EXTRAORDINAIRE SEMAINE DE MONSIEUR FLUET

Suivi de

MONSIEUR FLUET PASSE UN CONCOURS

Et

MONSIEUR FLUET ET LE QUIDAM

© 2017, Daniel Durand

Edition : BoD - Books on Demand
12/14 rond-point des Champs Elysées, 75008 Paris
Imprimé par Books on Demand GmbH, Norderstedt, Allemagne
ISBN : 9782322157051
Dépôt légal : mai 2017

L'EXTRAORDINAIRE SEMAINE DE MONSIEUR FLUET

L'EXTRAORDINAIRE LUNDI DE MONSIEUR FLUET

Ce matin là, Monsieur Fluet s'éveilla dès que le sommeil le quitta.

— Nous sommes lundi, pensa-t-il, ce qui n'était pas fait pour l'étonner outre mesure, la veille était un dimanche (bien qu'il eut plu toute la journée) et le lendemain un mardi (malgré un ciel légèrement couvert en matinée).

Il se leva, mit un pied dans une mule, s'aperçut qu'il s'agissait de son pied droit et de sa mule gauche, rectifia l'erreur, mit son autre pied dans son autre mule, et s'arrêta là parce qu'il n'avait que deux mules et bien sûr un nombre de pieds en rapport.

Puis il brancha la cafetière, dans laquelle la veille au soir il avait précautionneusement introduit la dose idoine de café moulu ainsi que l'eau nécessaire à la confection de ce breuvage aussi matinal que revigorant.

Il passa ensuite à la salle de bains, laquelle portait d'ailleurs cette appellation de façon abusive puisque dépourvue du moindre ustensile permettant ce type d'ablutions, elle comportait seulement une douche et un lavabo, mais on emploie assez peu le terme de salle de douche et encore moins celui de salle de lavabo.

Revenu à la cuisine où une bonne odeur de café

chaud s'amplifiait à vue d'œil, il se margarina deux tartines. Auparavant, il les beurrait, mais un excès cholestérolique l'avait incité à remplacer le délicieux *Charente Poitou* sur ses toasts et sur les conseils de son médecin par de la margarine allégée comme le renard de la fable. Vous savez : « *Maître Renard, par l'odeur allégé...* ».

A noter que même allégée, celle-ci (la margarine, pas la fable) pesait malgré tout exactement comme l'autre, 250 grammes. Comprenne qui peut.

Tout en petit-déjeunant, il caressait machinalement un chat qui avait d'une part le pelage blanc et roux, et d'autre part sauté sur ses genoux. Il s'agissait d'un mâle castré recueilli par Monsieur Fluet quelques années auparavant (évidemment, ça ne pouvait pas être quelques années auparaprès), et qui répondait au nom curieux de Poussette.

En fait, comme tout félidé normalement constitué, le brave animal n'était pas doté de la parole, il ne répondait pas vraiment, c'est juste une expression, la langue française offrant de curieuses particularité, je trouve.

Donc, Poussette était son nom, tout comme blanc et roux son pelage et sur les genoux de Monsieur Fluet sa place actuelle.

En réfléchissant bien, ce n'est pas sur les genoux de Monsieur Fluet qu'il avait sauté, mais pour être plus précis, sur ses cuisses. Vous voyez un matou en équilibre sur les rotules de son maître, vous ? Aussi peu confortable pour l'un que pour l'autre, à mon avis !

Toujours est il qu'il était blanc et roux, de sexe ex-mâle (hou-là, c'est plutôt difficile à prononcer, ça, heureusement je l'écris) puisque castré (attention, là je parle du matou, pas du maître) et qu'il s'appelait Poussette. Monsieur Fluet l'avait appelé comme ça en souvenir. Mais il avait oublié de quoi.

Il se sentait quelque peu de méchante humeur (pas le chat, Monsieur Fluet) en se rappelant sa journée néfaste de la veille. En effet, il avait perdu plusieurs tournées de blanc-cassis-limonade en jouant au 4-21 avec Monsieur Monsieur Guéricheval le vétérinaire, Monsieur Clédhuite le plombier et Monsieur Lamèche le coiffeur

Ah, passion du jeu, quand tu nous tiens...!

Bref, passons, aujourd'hui était un autre jour. Se refusant à ressasser ces soucis et chassant ceux-ci (petite allitération à répéter dix fois de suite très vite, merci) symboliquement d'une main aussi énergique que droite, il se prépara à se rendre à son travail.

Il était employé dans un tout petit mètre cube de bois. Mais qu'est ce que je raconte, moi...? Je veux dire un ministère, bien sûr ! Le Ministère des Décorations pour les Agents du Trésor Public du Quart Nord-Est du Troisième Arrondissement de Paris.

Comme, outre le Français, il parlait couramment le Vaudois et le Wallon -il possédait donc trois langues- on l'avait affecté au collage des timbres.

Il s'acquittait d'ailleurs très consciencieusement de sa tâche et en à peine vingt-trois ans, il avait été promu au grade d'Adjoint de Troisième Classe du Sous-Chef de Bureau, ce qui, on s'en doute, ne manquait pas de susciter envie et jalousie de la part de beaucoup.

Permettez-moi d'affûter mon crayon pour vous décrire le personnage en quelques traits de plume. Adhémar Léonce Gédéon Fluet était un homme assez petit puisque pas très grand, avec un début de calvitie à la taille et un léger embonpoint sur la tête, et je viens de relire c'est exactement le contraire mais tout le monde à compris alors c'est pas la peine que je rectifie, et il était célibataire, ce dernier point étant dû au fait qu'il ne s'était jamais marié.

Il était assez difficile de lui donner un âge, ce qui n'aurait servi à rien d'ailleurs vu qu'il en avait déjà un lui convenant parfaitement.

Comme il était en avance, Monsieur Fluet pas l'âge, et que le temps était aussi beau qu'un frère après son mariage avec votre sœur, il décida, plutôt que de se rendre au bureau par le plus court chemin, de prendre un itinéraire un peu plus long, la marche étant un exercice salutaire ne pouvant qu'avoir une influence faste sur un organisme encrassé par trop de sédentarité.

Comment aurait-il pu se douter que cette banale entorse à l'habitude allait le plonger au cœur d'un drame marquant fatalement de façon indélébile la vie bien réglée d'un brave employé de ministère...

Sa flânerie l'amenait à traverser la Place Delautre, et juste au moment où il était sur le point d' y arriver,

des cris en provenance de ladite place retentirent :
— Os court, os court !

Un tibia ou un fémur, voire une banale clavicule, même de longueur réduite, n'étant pas susceptible de générer un émoi justifiant de telles clameurs, force lui fut d'en déduire qu'il s'agissait probablement d'une prononciation incorrecte, par suite de l'élision incongrue du « *e* » non muet, de la locution « *Au secours ! Au secours !* »

Conclusion : quelqu'un sollicitait une aide.

Il se précipita, pour découvrir un spectacle qui le glaça de froid. Tiens, la température avait chuté si rapidement ? Ah non ! Qui le glaça *d'effroi*, pardon.

Un jeune voyou (du moins Monsieur Fluet le catalogua-t-il ainsi parce que les honnêtes garçons ne se livrent pas à ce genre de passe-temps) avait jeté, tout d'abord son dévolu sur le sac à main d'une passante, et ensuite, un regard aux alentours pour s'assurer que, les lieux étant déserts, nul ne serait témoin de son acte dont il ne pouvait ignorer l'aspect répréhensible.

La dame le tenait solidement par l'anse (le sac à main, pas le jeune voyou), mais on sentait que sa résistance faiblissait (à la dame, pas à l'anse du sac à main).

Son premier élan (à Monsieur Fluet, pas au sac à main ni au jeune voyou, enfin !) le poussa en avant. Son deuxième, en arrière... Prudence, il y avait peut-être du danger. Tout bien pensé, le « *peut-être* » était superflu, il y avait du danger. Mais qu'importe. Son troisième élan le porta donc à nouveau en avant (tiens, encore une petite allitération).

Seulement, un hasard malicieux plaça fort malencontreusement un caillou sur son chemin, caillou dans lequel son pied droit –le meilleur, celui avec lequel il donnait les coups aux fesses, et qu'il avait introduit par erreur, rappelez-vous, dans sa mule gauche au saut du lit mais ça n'a aucun rapport- caillou sur lequel, redis-je parce que la longueur de la phrase a pu vous en faire oublier le début ce qui nuirait à sa compréhension, pas au début de la phrase mais à la phrase entière, caillou sur lequel, redis je pour la dernière fois, il buta de façon très inopportune.

Déséquilibré, Monsieur Fluet tendit par réflexe ses mains en avant pour éviter un éventuel contact, tant brutal que dommageable pour son physique, de son menton avec le bitume.

A ce moment là, le j.v.v.d.s.a.m. (le jeune voyou voleur de sac à main, je voulais simplifier mais ce n'est peut-être pas très compréhensible) ayant tant tendu... Excusez-moi, j'ai été trahi par la liaison, je reprends : ayant entendu un bruit de pas précipités, tourna la tête dans la direction d'où écourbaient ces sons. Pardon, je voulais dire émanaient, je me suis trompé de peintre.

Vous devinez la suite. Monsieur Fluet, emporté par son renne... Comment, quel renne ? Ah oui, son élan. Ben quoi, ça se ressemble un peu, non, ces cervidés ! Et puis on est à six mois juste de Noël, on peut se tromper.

Je reprends : Emporté par son élan, Monsieur Fluet percuta avec violence et la paume de ses mains la face du j.v.v.d.s.a.m. (maintenant, vous savez ce que ça veut dire, je n'ai plus de raisons de m'en priver) qui se mit illico à sanguinoler de l'appendice nasal.

Il n'en fallut pas plus au d.j.d.d.s.a.i.l.b.d.a. (Ben oui, le délinquant juvénile désireux de s'approprier illégalement le bien d'autrui, faites un effort, quoi !) pour partir en courant et en appelant sa mère, deux actions très facile à réaliser simultanément, même sans entraînement préalable.

L'auteuse de ses jours se trouvait sans doute à une distance trop importante pour permettre aux ondes sonores émises par sa progéniture de parvenir à ses tympans. Elle s'abstint de paraître et Monsieur Fluet se retrouva donc seul avec la personne à qui il venait de porter secours.

Celle-ci, éperdue de reconnaissance, l'embrassa sur les deux joues en lui disant :

— Mirci, Massiou. Vous estez mon sauvage.

Visiblement, cette dame était d'origine étrangère, mais Monsieur Fluet ne voulut point la peiner en lui révélant qu'elle avait encore des progrès à faire en ce qui concerne notre beau langage national, et que celui qui vous sauvait n'était pas un sauvage mais un sauvant.

Aussi s'en fut-il vers son bureau sans lui faire subir la mutilation de l'éléphant. Attendez, je vois un lecteur qui lève le doigt... C'est quoi la mutilation de l'éléphant ? Eh bien, c'est détromper, voyons…

L'EXTRAORDINAIRE MARDI DE MONSIEUR FLUET

Il n'était pas huit heures, ce matin là… Au fait, pourquoi le dire, dans ce cas ? En effet, il n'était pas huit heures. Mais il n'était pas neuf heures non plus, ni dix, ni onze, ni douze, ni n'importe quelle autre heure qu'il vous plaira, je ne vais pas vous énumérer toutes les heures de la journée, quand même. Bref, à quoi bon mentionner l'heure qu'il n'était pas ? C'est quand même plus simple de dire simplement quelle heure il était, non ?

Je reprends :

Huit heures sonnaient ce matin là à tous les clochers dont l'horloge avançait de cinq minutes… Vous voyez, on sait tout de suite qu'il était huit heures moins cinq, donc ni huit heures, ni neuf, ni dix, ni onze, et j'arrête là parce qu'on va me reprocher de vouloir faire du remplissage.

Ouais, seulement il n'y a peut-être pas tellement de clochers qui ont tout juste cinq minutes d'avance. Ce n'est pas très heureux, cette formulation, il vaudrait peut-être mieux en trouver une autre.

Début du récit :

Huit heures moins cinq sonnaient, ce matin-là… Attendez, vous me faites écrire n'importe quoi, là ! Aucun clocher ne sonne cinq minutes avant l'heure, enfin.

Commencement de l'histoire :

Huit heures allaient sonner cinq minutes plus tard à tous les clochers bien réglés, ce matin là... Non, non ! C'est bien trop alambiquée, cette tournure de phrase. On devrait pouvoir faire plus simple, bon sang.

Point de départ de l'anecdote :

Il était seulement huit heures moins cinq (Eh bien voilà ! On y est arrivé) ce matin là, quand Monsieur Fluet fut tiré de ses songes par un doigt, et j'en vois qui froncent le sourcil parce que la relation de cause à effet leur saute aux yeux moins vite qu'un cheval affamé sur son picotin d'avoine.

J'explique. Ce doigt en appuyant vigoureusement sur le bouton de sonnette de la porte d'entrée, venait de déclencher un carillon certes très mélodieux mais également inopportun.

Parce que ce mardi était pour Monsieur Fluet un jour de RTT (Repos et Tranquillité Totale) et il avait espéré faire la grasse matinée jusqu'à au moins huit heures.

Il enfila en maugréant et en toute hâte sa jupe de salon... Non, non, c'est pas ça. Ah oui ! Sa robe de chambre. Vous voyez ce que c'est d'être réveillé en sursaut, on n'a pas les idées très claires. Il s'agissait d'un magnifique vêtement en soie rouge sang avec une ceinture du même métal et dont le dos (de la robe de chambre, pas de la ceinture) s'ornait d'un superbe paysage : un lever de soleil en automne sur les plaines d'Écosse.

En fait, un gros rond d'un blanc grisâtre, mais le vendeur lui avait vanté le réalisme d'un tel motif parce que, sitôt l'été fini, il y a un brouillard pas possible sur les plaines d'Écosse le matin au lever du soleil et on ne voit rien du paysage.

Il s'en tonneau... Non, pas tonneau... Il s'en barrique... Attendez, pas barrique non plus, mais de quel récipient s'agit-il, mille diables...? Ah oui ! Il s'en *fut* ouvrir la porte d'entrée, laquelle offrait comme ingénieuse particularité de se transformer en porte de sortie lorsqu'on quittait l'appartement.

Cette ouverture sur le monde extérieur lui permit de découvrir que le doigt réveilleur se trouvait être l'index d'une main terminant un bras attaché à un thorax surmontant un bassin, lui-même posé sur une paire de cuisses reliées à deux jambes prolongées de pieds, le tout constituant le fils aîné (il avait un frère et une sœur moins âgé que lui) d'un de ses voisins dont la conjointe souffrait d'arthrose, mais ce dernier détail n'a rien à voir avec l'histoire qui nous occupe.

Vous dites ? Pas de tête… ? Si, bien sûr, seulement c'est tellement évident que je n'avais pas jugé bon de le mentionner. Même que cette tête lui permit de reconnaître le fils aîné d'un de ses voisins (dont l'épouse ratait fréquemment ses teintures capillaires mais quel rapport pourrait-il y avoir avec les faits dont je vous instruit ?)

— Qu'est ce qu'il te prend de me réveiller quand je dors encore ? demanda-t-il d'un ton bourru.

— B'jour, M'sieur, répondit le gamin sans se

démonter, heureusement car notre ami Adhémar était assez peu bricoleur et ne disposait d'aucune notice permettant le remontage d'un gamin en pièces détachées.

— Oui, bonjour. Alors ?

— C'est rapport au billet de tombola que je vous ai vendu le mois dernier, la grande tombola du BETA (Bureau d'Études des Techniques Agricoles). Vous vous rappelez ?

— Et tu veux m'en vendre un autre ? s'inquiéta Monsieur Fluet réticent à l'idée de dépenser inconsidérément un argent si difficile à gagner, mais il n'avait pas pu refuser parce que les parents du petit lui rendaient parfois de menus services comme par exemple celui de venir nourrir son chat lorsqu'il lui arrivait de s'absenter un jour ou deux, pas le chat, Monsieur Fluet.

— Non, M'sieur. Mais on m'a dit comme ça : *C'est toi qui lui a vendu le billet, alors va lui annoncer la bonne nouvelle.*

— Tu es premier à l'école, crut deviner l'employé de ministère bien qu'à priori, il ne vit point en quoi ce résultat, dont effectivement le bénéficiaire avait lieu de s'enorgueillir, lui valait de voir son sommeil écourté.

Le fils aîné du voisin (dont la femme était affligée d'un bec de lièvre mais je n'avais pas mentionné ce détail parce que, pour important qu'il fût, il se trouve ne pas avoir la moindre incidence sur ce récit) parut légèrement décontenancé.

— Non, M'sieur, la bonne nouvelle, c'est que vous avez gagné le premier prix de la tombola.

La surprise lui fit écarquiller les yeux (mais oui, à Monsieur Fluet, pas au premier prix et évidemment, les yeux, ça n'allait pas être les oreilles). C'était bien la première fois qu'une mise à un jeu de hasard se transformait pour lui en investissement et non pas en perte sèche.

— Et j'ai gagné quoi ?

— Ah ça j'sais pas, M'sieur, faut aller demander au BETA (Bureau d'Études des Techniques Agricoles). Là, ils vous diront.

— Eh bien, c'est gentil d'être venu me prévenir. Tu mérites une récompense, dit Monsieur Fluet.

— C'est pas la peine, M'sieur, rétorqua hypocritement le gamin avec déjà les yeux en forme de pièces de deux euros. (Au passage, je ne crois pas vous en avoir déjà informé, mais sa mère avait dû subir une ablation de l'appendice à l'âge de vingt ans et deux mois. Hein ? Oui, c'est vrai, ça n'a guère d'intérêt pour vous de savoir ça.)

— Si, si, insista Monsieur Fluet en allant chercher une boîte métallique décorée de tulipes multicolores dont il sortit une pastille de menthe enveloppée dans un joli papier bleu transparent qu'il offrit à celui qui venait lui annoncer cette bonne nouvelle.

A propos de cette dernière phrase, peut-être n'est-il pas inutile d'y apporter quelques précisions : c'est bien sûr de la boîte métallique et non pas des tulipes la décorant qu'il sortit ce bonbon, et c'est ce dernier qu'il offrit, et non pas le papier bleu transparent dont il était enveloppé.

Pardon ? Pourquoi Monsieur Fluet était-il enveloppé d'un papier bleu transparent ? Non mais c'est pas possible, vous êtes débile ou quoi ? Je parlais du bonbon, là ! Reprenons.

A la surprise du généreux donateur, le bénéficiaire de sa prodigalité sembla un peu déçu. La succulence de cette friandise était cependant incontestable aux dires de ceux ayant eu l'avantage d'y goûter

Après le départ du fils du voisin, Monsieur Fluet décida, puisqu'il était de repos aujourd'hui, d'user de cette aubaine pour s'aller enquérir de l'inattendu gain qui lui échéait. Traduction pour ceux qui ont quitté la scolarité quelques années avant l'obtention de l'ancien certificat d'étude : il allait se renseigner pour savoir ce qu'il avait gagné.

C'est pourquoi, deux petites heures plus tard, donc pour être précis sept mille deux cents secondes, une heure prétendument petite se composant comme une autre de soixante minutes dont chacune a une durée invariable de soixante secondes, il se présentait au BETA (Bureau d'Études des Techniques Agricoles) où il fut reçu chaleureusement -ce qui lui fit regretter d'avoir mis sa petite laine- par le Directeur lui-même, lequel devait être un lointain descendant du Sieur Jean de la Fontaine puisqu'il s'agissait d'un homme affable.

Il eut droit, tout d'abord (Monsieur Fluet voyons, pas celui dont l'ancêtre connaissait des tortues à réaction qui battaient les lièvres à la course) à une réception fastueuse avec petits fours, mousseux, tout ça, au cours de laquelle fut prononcé un discours vantant les mérites du BETA (Bureau d'Études des Techniques Agricoles).

On le félicita d'avoir été désigné par le doigt du destin, après quoi on l'emmena en grandes pompes (tout le monde chaussait au moins du 45) sur les lieux où lui serait remis son lot.

— Cher Monsieur, déclarèrent en chœur le Directeur et emphase... Mais qu'est-ce que je raconte, moi ? Oubliez, je recommence :

— Cher Monsieur, déclara le Directeur avec emphase, j'ai l'honneur et le plaisir de vous offrir, au nom du BETA (Bureau d'Études des Techniques Agricoles) le premier prix de notre grande tombola.

Et il tendit un doigt au bout duquel Monsieur Fluet découvrit devinez quoi ? Hein ? Mais non, pas un ongle ! Enfin, si, bien sûr, mais c'est pas du tout ce que je veux dire, voyons ! Dans la direction indiquée par le doigt tendu, si vous préférez, Monsieur Fluet découvrit devinez quoi ? Oui, évidemment, son premier prix ! Mais c'est incroyable, ça, personne ne comprend que j'essaie justement de faire deviner en quoi pouvait bien consister ce prix.

Bon, c'est pas la peine de prolonger le suspense plus longtemps, vous êtes trop nuls. Une génisse... !

Devant la stupéfaction évidente du gagnant, il ajouta :

— Eh oui, cher lauréat, vous ne rêvez pas ! Ce

superbe bovidé, femelle de sexe et de race Montbéliarde, est désormais votre propriété pleine et entière.

— Mais… Que voulez vous que j'en fasse ?

— Eh bien, la traire matin et soir et la nourrir à la même fréquence. Herbe fraîche en été, et foin en hiver. Attention, vous le savez sans doute, elle ne donnera pas de lait avant son premier vêlage.

Devant le peu d'enthousiasme manifesté par le gagnant, le directeur proposa :

— Écoutez, je comprends que tout le monde ne se sente pas une vocation d'éleveur. Aussi, si cela vous agrée, il est possible d'échanger votre lot contre un autre de même valeur. Cela vous conviendrait-il ?

— Oh oui ! s'exclama le lauréat, visiblement soulagé, en tentant d'estimer la contre-valeur monétaire de son gain.

— Vous savez, expliqua l'autre, qu'au BETA (Bureau d'Études des Techniques Agricoles), nous nous occupons bien sûr d'élevage, mais pas uniquement. L'agriculture relève également de notre compétence. Aussi, je vous propose de remplacer cette superbe laitière par cent mètres cubes de terre cultivable que nous ferons livrer gratuitement à votre domicile.

— Non, non ! s'écria Monsieur Fluet, épouvanté à l'idée d'avoir une épaisseur de deux mètres de terre sur ses parquets cirés. Je garde la génisse.

Mais qu'allait-il bien pouvoir faire de cet animal ? Une seule solution, sitôt sorti des bureaux du BETA (Peut-être aurai-je dû vous l'expliquer plus tôt, ce sigle est formé des initiales du Bureau d'Études des

Techniques Agricoles) il se rendit chez son boucher, Monsieur Tranchaniaud.

— Bonjour, Monsieur Fluet, comment allez-vous? Une escalope de dinde, comme d'habitude ?

— Non, je…

— Un petit rôti de porc, alors.

— Non, écoutez…

— Une tranche de foie de veau, voilà ce qu'il vous faut. Je viens de le recevoir, il étoufferait.

Quoi... !? Le boucher a l'intention d'assassiner son client en l'étouffant avec du foie de veau...? Mais c'est affreux, il faut l'empêcher de mettre à exécution son épouvantable projet. Appelez immédiatement la police, la gendarmerie, le GIGN... Et en attendant, venez m'aider à le maîtriser. Au secours...!!!

Attendez, je m'emballe à tort semble-t-il. J'ai dû simplement commettre une erreur orthographique à cause d'une similitude de prononciation. Reprenons la dernière phrase de Monsieur Tranchaniaud.

— Une tranche de foie de veau, voilà ce qu'il vous faut. Je viens de le recevoir, il *est tout frais*.

Ouf ! Me voilà rassuré. Et vous aussi, j'espère.

Le boucher empoignait déjà son grand couteau à découper quand Monsieur Fluet réussit enfin à lui dire qu'il ne venait pas acheter, mais vendre. Et il expliqua comment il se trouvait possesseur de deux cent cinquante kilos de viande sur pied.

Monsieur Tranchaniaud se gratta la tête.

— Bon, je veux bien vous prendre votre bête, mais c'est uniquement pour vous dépanner. Je ne pourrai pas vous en donner des mille et des cents. Les gens croient qu'on nage dans l'aisance, mais vous ne vous imaginez pas les frais qu'on a nous autres, pauvres petits commerçants. Prenez seulement l'abattage et le transport de l'animal abattu, ça coûte une fortune, Sans compter les taxes sur l'abattage ou le transport de l'animal abattu, plus la TVA, l'impôt sur les bénéfices, tout ça.

Et je ne vous parle pas des frais annexes : la mise aux normes de la chambre froide, l'assurance de la Bentley, l'achat d'un studio de 80 m2 avenue des Champs Élysées pour ma grande fille qui fait ses études à Paris, le nouveau manteau de vison de ma femme, les travaux dans les deux maisons de campagne…

Enfin, bref, parce que vous êtes un fidèle client, je vous fais une fleur : cent vingt euros.

— Cent vingt euros…? Mais c'est à peine le prix auquel vous vendez dix kilos de viande. Ma génisse en pèse au moins vingt-cinq fois plus !

Le commerçant leva les bras au ciel.

— Parce que vous croyez qu'un animal c'est tout de la viande ? Mais ôtez la peau, les cornes et les sabots, vous avez déjà cent kilos de moins !

Et les os ? Vous pensez peut-être que des clients me demandent une omoplate de porc ou une rotule de veau ? Vous-même, m'en avez-vous déjà acheté une seule fois dans votre vie ? Soyez franc !

Monsieur Fluet dut convenir qu'une telle idée ne l'avait jamais effleuré.

— Vous voyez ? A l'équarrissage, la carcasse ! A nouveau cent kilos à enlever au poids brut. Et la tripaille, hein ? Vous y avez pensé, à la tripaille ? Encore une perte de cent kilos…

Monsieur Fluet se livra à un rapide calcul mental et se rendit compte qu'en effet, si une bête sur pied de deux cent cinquante kilos générait trois cent kilos de déchets, il ne restait plus grand-chose à vendre pour le malheureux boucher.

Il accepta donc la transaction, convaincu de réaliser une excellente affaire. D'autant qu'il n'avait pas le choix, il ne pouvait quand même pas garder cette génisse dans son appartement.

Pas avec un chat aussi jaloux que Poussette.

L'EXTRAORDINAIRE MERCREDI DE MONSIEUR FLUET

Le mercredi matin, Monsieur Fluet avait pour délicate mission de se rendre au bureau de poste le plus proche, ce qui l'arrangeait car celui-ci était situé beaucoup moins loin que les autres de son lieu de travail, pour renouveler le stock de timbres dont son administration faisait grand usage.

Pourquoi grand usage, me demanderez vous ? Eh bien, parce que lorsque... (Holà, c'est une punition de prononcer ça, simplifions) Eh bien, car quand... (non, là ça évoque un instrument de torture) Eh bien, parce que quand (ah, c'est tout de suite mieux, hein?) parce que quand, disais-je, le Ministère des Décorations pour les Agents du Trésor Public du Quart Nord-Est du Troisième Arrondissement de Paris était sollicité pour une décoration, il convenait d'envoyer pas moins de vingt courriers :

- Un à la hiérarchie du demandeur pour être sûr qu'il était bien fonctionnaire
- Un autre au même destinataire pour s'assurer que le futur décoré répondait aux critères d'attribution
- Un au cadastre pour vérifier que le demandeur résidait bien dans la zone géographique concernée
- Un au demandeur lui-même (en recommandé avec avis de réception) afin d'éliminer une possible erreur du cadastre quant au lieu de résidence

- Un autre pour informer l'heureux élu qu'il allait bientôt recevoir un courrier l'informant que sa demande serait prise en compte dans les plus brefs délais
- Un pour lui dire que sa demande, comme indiqué dans le précédent courrier, avait bien été prise en compte
- Un pour l'informer que sa hiérarchie n'avait pas mis d'opposition à l'attribution de cette récompense
- Un pour confirmer qu'après étude des éléments en possession du Ministère, rien ne s'opposait, donc, à la remise de cette décoration
- Un au service comptabilité pour l'informer qu'il aurait prochainement à enregistrer cette écriture dans ses livres
- Un autre en réponse au courrier en retour du même service lui confirmant que oui, comme prévu par la Directive B 9-7 relative au Décret 04.5113 du 11 décembre 2004 fixant les modalités d'application de la loi 87.3219 du 17 novembre 1987, l'imprimé ZL 05.12 lui serait adressé en huit exemplaires dans un délai maximum de cinq jours ouvrables après la date figurant sur l'accusé de réception par ses soins du formulaire bleu
- Un pour demander au futur décoré d'envoyer la pièce manquante (Il manque toujours une pièce dans un dossier administratif, voyons, c'est à se demander ce qu'on vous apprend à l'école)
- Un pour lui dire que la pièce manquante n'avait pas encore été reçue

- Un pour lui dire que, la pièce manquante ayant en réalité été bien reçue « *mais malheureusement dirigée par erreur vers un autre service, ce qui avait entraîné un retard dont personne ne pouvait être tenu pour responsable* » son dossier était désormais complet et allait faire l'objet d'une étude définitive
- Un pour l'informer qu'il n'allait pas tarder à recevoir un courrier l'informant de la décision favorable prise à son encontre
- Un courrier encore pour confirmer les termes du précédent
- Un pour lui annoncer officiellement qu'il allait recevoir la décoration bien méritée
- Un pour le mettre au courant du lieu et de l'heure auxquels lui serait remise cette décoration
- Un pour lui expliquer que la salle prévue pour cette cérémonie n'étant pas libre aux date et heure prévues, celle-ci se déroulerait en fait en un autre lieu et à une autre heure dont on ne manquerait pas de le tenir informé ultérieurement
- Un pour lui dire que, tout compte fait, la salle prévue pour cette cérémonie étant, contrairement à ce que l'on pensait, libre aux date et heure prévues, il convenait de considérer le précédent courrier comme nul et non avenu
- Un dernier enfin pour confirmation de l'heure et du lieu, au cas où -on se demande bien pourquoi, mais enfin- il se serait embrouillé dans tous ces courriers.

Vous voyez, l'administration c'est tout de même du sérieux, non ?

Mais voilà-t-y pas que je sens poindre chez vous une interrogation ? Vous vous demandez pourquoi, dans ces conditions, le Ministère des Décorations pour les Agents du Trésor Public du Quart Nord-Est du Troisième Arrondissement de Paris continuait à employer une personne dont la tâche était d'acheter, découper, lécher et coller des timbres, quand il serait si simple de faire l'acquisition d'une machine à affranchir.

Ah, ah, naïfs que vous êtes ! Vous ne vous rendez pas compte de la complexité d'un tel bouleversement de la routine administrative. Il faudrait créer d'abord une commission, puis plusieurs sous-commissions d'enquête.

Des mois, voire des années de travail pour plusieurs dizaines de personnes, vous imaginez les frais ? Et uniquement afin de savoir s'il y a vraiment un intérêt financier à d'investir une fois pour toutes quelques centaines d'euros pour éviter d'avoir à rémunérer un fonctionnaire 45 000 euros par an ?

Heureusement que vous n'avez pas de responsabilités dans la Fonction Publique, vous, le pays serait vite ruiné !

Donc, Monsieur Fluet se trouvait à la Poste pour acheter des timbres, et attendait son tour qui venait immédiatement après celui de la personne entrée juste avant lui.

Précisons qu'il était approximativement dix heures deux, mais bien sûr, il aurait été à peu près dix heures sept ou environ neuf heures cinquante-trois que ça n'aurait rien changé à cette histoire.

Le guichetier était en train d'expliquer à un client que non, il n'était pas possible d'envoyer, sous prétexte que la signature comptait pour un seul mot, un télégramme ainsi libellé : « *Amitiés, signé Oncle Jules qui viendra dîner demain comme prévu et ne t'inquiète pas, j'apporterai le dessert.* »

Furieux, le client partit, empestant... Ah bon ? Pourtant personne ne semblait incommodé le moins du monde par quelques effluves nauséabonds...

Mais non, j'ai compris ! C'est encore une confusion causée par une une similitude de prononciation. Le client partit *en pestant* -en deux mots- contre cet employé borné, disant que dans ces conditions, il se passerait des services de la Poste.

Et son neveu habitant à cent mètres de là, il irait lui délivrer le message lui-même et de vive voix.

L'employé mort né... -excusez-boi, je suis un peu enrhubé, je voulais dire borné- s'apprêtait à servir le client suivant quand se produisit l'événement.

Un induvidi... un invididu... un monsieur fit brusquement éruption (ou peut-être irruption, je ne sais pas, je confonds toujours les deux mots) et se dirigea tout droit vers le guichet en faisant un léger détour pour éviter une flaque liquide voisinant avec un caniche nain, la présence de l'une s'expliquant sans doute par celle de l'autre.

Il brandit (l'induvi... l'invi...le monsieur, pas le caniche, un gros revolver en dix ans... Hein ? Il lui a fallu dix ans pour brandir un revolver...? Mais c'est

horriblement lent. Ah non ! En *disant* :
« — C'est un hold-up, que personne ne bouge et donnez moi la caisse ».

Le guichetier rétorqua qu'il lui était assez difficile, voire impossible, de donner la caisse sans bouger, ce qui au fond n'était pas si stupide que ça comme constatation, ce à quoi le bandit expliqua que son ordre péremptoire d'immobilité totale s'appliquait uniquement aux non guichetiers.

Pendant que l'employé de la Poste s'exécutait pour ne pas l'être par le malintentionné, Monsieur Fluet prit la liberté de s'immiscer.

— Excusez moi, Monsieur le bandit, mais vous me semblez avoir une bien belle arme.

— Ah ! rayonna l'interpellé. Je vois que j'ai affaire à un connaisseur. C'est vrai, ce n'est pas du matériel d'amateur. Quand je pense que certains de ce que ne n'ose appeler mes confrères utilisent de la camelote de bazar, j'ai honte pour eux. Imaginez, certains d'entre eux vont jusqu'à brandir de vulgaires jouets en plastique ! En plastique, monsieur ! Vous vous rendez compte ? Ils déshonorent la profession.
Mais, continua-t-il sur le ton de la confidence, vous pouvez admirer cette crosse gaufrée, cette détente plus sensible qu'une jouvencelle. Et je ne vous parle pas de la précision de tir ; avec ça, vous éborgnez une mouche à vingt pas. Une merveille, cher monsieur, une véritable merveille que ce revolver.
D'ailleurs, à quoi reconnaît-on le sérieux d'une arme de poing ? Je ne vais pas l'apprendre au spécialiste

que vous semblez être, c'est au poids, cher Monsieur, au poids. Une arme de qualité est lourde. Allez-y, soupesez-la, vous allez vous en rendre compte. Si, si, soupesez- la, j'insiste.

Monsieur Fluet se saisit de l'arme proposée par le gangster, mais au lieu de la soupeser comme chacun s'y attendait vu qu'il y était courtoisement invité, il en pointa le canon en direction de son propriétaire en s'excusant fort civilement.

— Vous m'en voyez grandement marri, monsieur le bandit, mais je suis dans l'obligation de vous prier de lever les mains jusqu'à l'arrivée des forces de l'ordre que je prie monsieur le guichetier de bien vouloir mander téléphoniquement.

Fort penaud, et scandalisé par une telle déloyauté, l'autre ne put qu'obéir.

C'est pourquoi, quelques minutes plus tard, on vit survenir quatre policiers qui, parant au plus pressé, commencèrent par passer les menottes à toutes les personnes présentes.

Après quoi, ils se firent expliquer les faits nécessitant leur intervention et libérèrent tous ceux qui n'étaient pas le bandit.

A l'exception de Monsieur Fluet. Parce que, lui dit-on :

« — Vous comprenez, nous vous avons trouvé en possession d'une arme pour laquelle vous êtes démuni de toute autorisation de port ou de détention. Vous aurez donc à vous en expliquer devant la Justice. »

L'EXTRAORDINAIRE JEUDI
DE MONSIEUR FLUET

Fluet, dessous son bras ayant une baguette
Dont il venait de faire l'emplette,
Était presque arrivé devant son domicile.
Léger et court vêtu, il allait à grands pas,
Ayant mis ce jour-là, pour être plus agile,
Pantalon ample et souliers plats...

Ça démarre bien, non ? Et comme Monsieur Fluet, tout à l'heure, va se heurter à un vilain poteau de signalisation en empruntant l'Allée Adolphe Thiers, j'ai bien envie de sous-titrer cet épisode « L'Allée Thiers et le poteau laid» Hein, qu'est ce que vous en pensez ?

Comment ça, une impression de déjà lu ? C'est impossible, voyons, je viens de l'écrire à l'instant. Vous dites? Depuis plus de quatre siècle...! Un petit moment, je vous prie, le temps de consulter un document…

Ah, j'en étais sûr, vous êtes dans l'erreur. Je viens de le vérifier sur ma carte d'identité, je n'étais pas né il y a plus de quatre siècles.

Pardon ? Quelqu'un d'autre l'a fait avant moi…! C'est incroyable, ça, mon œuvre est plagiée avant même d'exister. Faudra que je me méfie du piratage sur Internet, moi.

Bon, alors dans ce cas, je vais vous raconter autre chose .

Monsieur Fluet avait un cousin germain habitant à la campagne, qu'on appelait familièrement *l'Eugène,* et la campagne ne pouvant pas être appelée *l'Eugène* même familièrement, cette dénomination s'applique bien sûr au cousin, lequel s'en vint passer quelques jours à Paris,

Petite parenthèse : Admirez le superbe alexandrin parfaitement cadencé « *lequel s'en vint passer quelques jours à Paris* » merci de votre admiration.

Monsieur Fluet lui fit voir quelques merveilles de la capitale...

Qui vient de dire qu'on ne peut pas faire voir les merveilles de la capitale à un alexandrin ? S'il croit amuser l'auditoire avec une blague aussi stupide...

Que ce plaisantin ne se dénonce immédiatement ou je punis tout le monde ! C'est vous, le vacancier venu de Saint-Chinian, cette petite bourgade située au Nord-Ouest de l'Hérault et produisant un vin dont la réputation était telle qu'au dix-neuvième siècle il était prescrit dans les grands hôpitaux parisiens ?
Allez m'attendre à la fin du récit, je continue pour les autres.

...quelques merveilles de la capitale. En particulier, ils passèrent ensemble une heure fort agréable dans un parc zoologique. Voici donc :

L'EUGENE ET L'HEURE AU ZOO

Ah non ! Ne me dites pas que ce titre vous rappelle aussi un récit datant de plusieurs siècles. Vous me contez des fables, là ! Si vous continuez, je vais aller me recoucher, moi, et vous ne saurez rien de l'extraordinaire journée vécue par Monsieur Fluet à cause du pain dont il s'était rendu acquéreur. Ce n'est pas au XVIIème siècle qu'il l'a acheté, son pain, quand même, ce genre de denrée alimentaire ne se conserve pas aussi longtemps !

Parce que c'est même pas vrai que j'allais vous raconter cette histoire de l'Eugène kialéozo (Faites pas gaffe, c'était juste un petit essai d'écriture phonétique, mais comme vous pouvez le constater, c'est totalement ridicule). .

Non, ce que j'ai toujours eu l'intention de vous narrer, c'est, comme je vous le disais en tout début mais je vais changer la forme pour piéger celui qui m'a plagié voilà une quarantaine de décennies, Monsieur Fluet qui est allé acheter son pain.

Or donc, il s'en revenait de la boulangerie. Oui, je sais, vous allez m'objecter, tatillons comme je vous connais, qu'ayant fait l'emplette d'un tel produit alimentaire, il ne pouvait s'en revenir du garage ou de la quincaillerie.

Mais cette précision apparemment superflue n'est pas inutile, vu qu'il aurait pu l'acheter (Ah, non ! Ça va pas recommencer ! Acheter le pain, bien sûr, pas la précision) dans un de ces hypermarchés qui font une concurrence si déloyale aux petits commerçants qu'on se demande si, dans quelques années, il en restera encore des petits commerçants pas des hypermarchés.

Sa baguette sous le bras, il marchait d'un bon pas, et voilà-t-il pas qu'en tournant sur sa droite pour s'engager dans l'allée Adolphe Thiers, laquelle aboutissait à la perpendiculaire de l'avenue Lavulavaincu dont il survenait, il se heurta, non pas à un très vilain poteau de signalisation, comme il y en a des que j'entends qui croient, et je me demande bien ce qui peut leur donner de pareilles idées, mais à un passant vêtu d'un costume à carreaux, coiffé d'un chapeau melon, porteur d'une paire de lunettes à monture d'écaille, arborant une moustache si impressionnante qu'elle en paraissait fausse, et qui, marchant lui aussi d'un bon pas avec également une baguette sous le bras, venait de l'allée Adolphe Thiers aboutissant à la perpendiculaire de l'avenue Lavulavaincu, et tournait sur sa gauche afin d'emprunter (très provisoirement et avec la ferme intention de la restituer après usage) ladite avenue, et ouf, j'ai bien cru ne jamais voir la fin de cette phrase interminable.

Cette bousculade eut pour conséquence fâcheuse la chute sur le sol (Ben, voyons, où pourrait-on chuter ailleurs que sur le sol ?) du pain que les deux hommes portaient sous leur bras respectif, rappelez vous ou alors remontez lire la phrase interminable précédente.

Vous avez remarqué ? Voilà derechef un superbe alexandrin parfaitement cadencé : « *Où pourrait-on chuter ailleurs que sur le sol .* » Y a pas, je suis doué.

Ne devrai-je pas me mettre à Victorhuguer, moi ? Je vais y réfléchir sérieusement.

Après quelques excuses mutuelles, chacun ramassa sa baguette et reprit son chemin.

Sitôt rentré chez lui, Monsieur Fluet entreprit de séparer en deux parties le plus égales possible et à l'aide d'un grand couteau la baguette dont il était devenu propriétaire en échange de quelques espèces sonnantes et trébuchantes.

Le but de l'opération était d'entreposer ce symbole de la gastronomie française dans une boîte censée en assurer la meilleure conservation possible, ce réceptacle ne pouvant accepter cet aliment que sous forme de morceaux n'excédant pas la moitié de sa longueur initiale.

Peine perdue ! Malgré tous ses efforts, Adhémar ne parvint pas au résultat espéré, à savoir obtenir deux demi-baguettes.

Il vérifia tout d'abord qu'il n'essayait pas d'utiliser par erreur le dos au lieu du tranchant de la lame, puis s'assura ne pas tenir ce nddmdzpc de couteau par la lame et donc de tenter de séparer ce grmblmgnfs de pain en deux à l'aide du manche.

Ces deux suppositions s'avérèrent inexactes, mais note à l'attention de mon lectorat : il est inutile de chercher la signification des termes nddmdzpc et grmblmgnfs dans votre dictionnaire habituel, ils n'y figurent pas plus que dans un dictionnaire inhabituel. Seulement, Monsieur Fluet ayant employé des mots fort grossiers impossibles à retranscrire ici, je me suis vu contraint de les remplacer par ceux-ci qui ne veulent rien dire mais qui, s'il n'ont pas le mérite d'exister, ont au moins celui d'être imprimables.

— Ou je me trompe fort, pensa Monsieur Fluet, ou ce pain était encore tout frais il y a trois semaines.

Eh bien non ! Après examen approfondi, il fit une constatation. Si ce pain refusait de se laisser trancher, ce n'était point consécutif à une exceptionnelle dureté de sa mie....

...allons voir si la rose
Qui ce matin avait déclose
Sa robe de pourpre au soleil
A point perdu cette vesprée…

Allons bon, voilà que je me mets à déclamer du Ronsard. Excusez-moi, je me suis laissé emporter par mon côté poète, mais ce n'est vraiment pas le moment, ça gâche le suspense ! Gommez ça tout de suite.

…une exceptionnelle dureté de sa mie, reprends-je, mais plus simplement parce qu'il contenait un objet tout aussi incongru que métallique, une grosse lime d'une trentaine de centimètres de long.

— Diable, se dit Monsieur Fluet en aparté (qu'il parlait aussi couramment que le Français, le Vaudois et le Wallon) voilà une chose pour le moins curieuse. Remarquez, il arrive bien parfois à un chirurgien distrait d'oublier un quelconque instrument de travail dans le ventre d'un patient au cours d'une opération, alors pourquoi un boulanger distrait ne ferait-il pas de même dans la pâte du pain qu'il confectionne ?

Oui mais... à quel moment de la fabrication de cet aliment utilise-t-on une grosse lime métallique de trente centimètres de long…?

A ce moment là, on sonna à la porte. Évidemment à la porte, c'eût été à la fenêtre, on aurait pu trouver l'événement pour le moins surprenant.

Entrebâillant l'huis, l'occupant des lieux avisa un monsieur vêtu d'un costume à carreaux, coiffé d'un chapeau melon, arborant une moustache si impressionnante qu'elle en paraissait fausse, et ne souffrant sans doute d'aucune perte d'acuité visuelle puisque n'étant pas porteur de lunettes à monture d'écaille.

En outre, il avait deux baguettes de pain sous le bras. Curieusement, Monsieur Fluet eut la fugace impression de le connaître, le visiteur pas le bras. Impression sans doute incongrue puisque personne parmi ses relations n'était moustachu, coiffé d'un costume melon, vêtu d'un chapeau à carreaux, et représentant en baguettes de pain.

— Allons bon, pensa-t-il, les boulangers en sont réduits à faire du porte à porte, maintenant ! Faut-il que ces petits commerçants souffrent de la concurrence si déloyale faite par les hypermarchés, qu'on se demande s'il en restera encore dans quelques années, des petits commerçants, bien sûr, pas des hypermarchés, et vous voyez que je ne suis pas le seul à nourrir, en plus des petits oiseaux en hiver, la crainte de cette disparition.

— Je vous remercie, mais en ce qui concerne le

pain, j'ai déjà mes fournisseurs dont je suis très content, merci.

— Ce n'est pas du tout ce que vous croyez, rétorqua l'autre. Vous êtes bien Monsieur FLUET ?

Sa franchise proverbiale, combinée au fait que son patronyme, écrit en gros sur sa porte, lui permettait difficilement de prétendre le contraire, obligea Monsieur Fluet à acquiescer.

— Eh bien, j'ai le plaisir de vous apprendre que votre numéro de téléphone a été tiré au sort parmi ceux des habitants de l'immeuble dont le nom commence par les lettres F, L, U et E. Vous êtes donc le bénéficiaire de la grande opération promotionnelle organisée par le SNFBVQ, le Syndicat National des Fabricants de Baguettes de Votre Quartier.

— Ah bon, s'étonna Adhémar. Et en quoi consiste exactement cette opération promotionnelle ?

— Vous me donnez une baguette et je vous en offre deux en échange.

Ça, c'était une aubaine. Pensez donc, le double de produit pour le même prix ! Quoique…

A son grand dam, Monsieur Fluet ne se sentit pas le droit d'accepter.

— Je suis navré de devoir décliner votre offre, à mon grand dam,, mais l'honnêteté m'oblige à vous informer que la seule baguette dont je dispose et susceptible de faire l'objet d'un éventuel échange avec les deux vôtres semble présenter un défaut la rendant inapte, à mon avis, à l'usage gastronomique auquel on la destine habituellement. Je suis vraiment désolé, et au revoir.

A regret, il referma la porte et repartit vaquer.

Attendez, rien ne vous interpelle ? «*Il referma la porte et repartit vaquer...* » Voilà de nouveau un superbe alexandrin parfaitement cadencé ! Y a pas, faut que je me lance dans la poésie, moi.

A peine une dizaine de minutes plus tard, on sonnait de nouveau. Monsieur Fluet retourna ouvrir et découvrit sur le palier un monsieur en costume melon, coiffé d'un chapeau en écaille, porteur de lunettes à monture à carreaux, et qui avait le bon goût de ne pas arborer une moustache si impressionnante qu'on aurait pu la croire fausse.

Une nouvelle fois, il eut l'impression absurde, comme pour le précédent, de connaître ce visiteur, lequel entra de force et referma la porte sans lui laisser le temps de placer un mot.

Incroyable ! Rien ne vous frappe ? Enfin : « *lequel entra de force et referma la porte...* » Non, non, vous ne rêvez pas, vous venez encore de lire un superbe alexandrin parfaitement cadencé...

Mais qu'attend donc l'Académie pour me faire des propositions ?

— Vite ! Sans réfléchir, dit l'arrivant, donnez-moi un chiffre compris entre 65 et 67.

— 66, répondit Monsieur Fluet au hasard.

Son visiteur sortit une fiche de sa poche, y jeta un bref coup d'œil et s'exclama :

— Réponse exacte ! Félicitations, cher monsieur, vous venez de gagner la somme de dix euros. Mais il y a une condition subsidiaire. Voyons, poursuivit-il en consultant sa fiche. Ah, voilà...

« Pour entrer en possession de cette somme, le gagnant doit être en mesure de donner une baguette de pain en échange ».

Comme précédemment, Monsieur Fluet s'apprêtait à expliquer que oui... baguette... mais... nani nana... quand :

« ...Ding dong. »

Vous avez deviné, encore la sonnette. Et tiens, puisque vous devinez si bien, essayez de trouver qui se présentait à la porte ? Hein ...? Mais non, pas un homme coiffé d'un costume d'écaille, porteur d'un chapeau à monture à carreaux, vêtu de lunettes melon et arborant une énorme absence de moustache !

D'abord, celui-ci est déjà dans la pièce, il peut pas se trouver en même temps sur le palier, voyons. Et en plus, vous mélangez tout, vous êtes lamentables, vraiment.

Un po... Un po... C'est pas vrai ? Je ne viens pas d'entendre « *tiron* », quand même, il y a des limites. Un potiron qui sonnerait à une porte, c'est vraiment du grand n'importe quoi... !

Un po...licier. Qui interpella le visiteur en ces termes :

— Au nom de la loi, je vous arrête.

A Monsieur Fluet ne comprenant rien à ce qui se passait, le représentant de l'ordre public expliqua :

— Conformément à l'ordre reçu de mon supérieur hiérarchique direct, je pris en filature cet individu affublé d'une moustache tellement fausse qu'elle en paraissait impressionnante, soupçonné de préparer l'évasion de son frère incarcéré pour avoir contrevenu à la loi. A cette fin, il espérait faire parvenir au prisonnier une lime fort astucieusement dissimulée dans une baguette de pain.

Le susdit, auquel vous vous heurtâtes au carrefour de voies formé par l'allée Thiers d'une part et d'autre part par l'avenue Lavulavaincu, ayant constaté que par erreur et inadvertance vous ramassâtes lui votre baguette et vous la sienne servant de réceptacle à l'objet totalement prohibé qu'il avait l'outrecuidance de prétendre introduire illégalement dans l'enceinte de l'établissement pénitentiaire, tenta par la ruse de récupérer l'objet du délit potentiel, tentative à laquelle ma vigilance et ma perspicacité permirent de mettre obstacle.

— C'est donc ça ! s'exclama Monsieur Fluet. Je me disais aussi... Déjà, la galette des rois remplacée par une baguette de pain et la fève par une grosse lime, je trouvais ça bizarre, mais que l'épiphanie tombe au mois de juin, c'était totalement incompréhensible.

L'EXTRAORDINAIRE VENDREDI DE MONSIEUR FLUET

Ce vendredi, Monsieur Fluet partait au travail. Il avait la main sur la sonnerie du téléphone quand la poignée de la porte retentit… C'est curieux, il me semble que quelque chose cloche dans cette phrase. Mais bien sûr, c'est le contraire, où avais-je la tête ? Sur le cou, à sa place normale, oui ! C'est bête cette expression.

Bref, c'est le contraire. Donc, Monsieur Fluet avait la main sur la sonnerie de la porte quand la poignée du téléphone retentit. Toujours pas. La sonnerie sur la poignée de la main quand la porte du téléphone retentit… ? Encore moins…

Attendez, on va faire un grand jeu. Vous avez tout d'abord Monsieur Fluet qui part au travail, puis un jour de la semaine situé entre le jeudi et le samedi, et ensuite une sonnerie, une porte, une poignée, un téléphone, une main et quelque chose qui retentit. Avec tous ces éléments, construisez-moi une phrase correcte.

Pardon ? Mais non, il n'y a rien à gagner. Vous êtes bassement matérialistes, vous.

Voilà, c'est une charmante lectrice du premier rang qui a trouvé, et pour les autres, voici la solution : Il avait la main sur la poignée de la porte quand la sonnerie du téléphone retentit.

— Qui peut bien m'appeler à une heure aussi matinale ? se demanda-t-il.

N'étant pas devin comme le verre du même nom, il se trouva dans l'impossibilité totale de se répondre. Aussi décrocha-t-il et porta-t-il à sa bouche et à son oreille le combiné permettant de parler à et d'écouter un lointain correspondant.

— Allô, je suis bien chez Monsieur Fluet ? demanda le déclencheur de sonnerie téléphonique.

— Pas du tout, répondit celui-ci. Si c'était le cas, je vous verrais puisque moi-même je m'y trouve. Quant à vous, vérifiez, mais si vous m'appelez depuis votre domicile, vous devez être chez vous.

Le correspondant admit la véracité de la chose, mais avoua souhaiter depuis son propre appartement et sans se déplacer, converser par le truchement de la belle invention de Bell avec un proche de Monsieur Fluet.

— Vous ne pouviez pas tomber sur plus proche de lui que moi, on peut dire que nous deux, nous ne faisons qu'un. Puis je savoir à qui j'ai l'honneur, et connaître la raison de votre appel, je vous prie ?

— Je suis le cousin de la concierge du Ministère des Décorations pour les Agents du Trésor Public du Quart Nord-Est du Troisième Arrondissement de Paris. Enfin, le cousin par alliance puisque j'ai épousé la fille cadette de la sœur de sa mère, il y a eu de cela dix-sept ans la semaine dernière, civilement d'abord à la mairie de Besançon dans le Doubs d'où (Et allez, j'en étais sûr, il a fallu qu'il y en ait un qui demande « quel doudou ? » Explication pour lui et les autre nuls qui n'ont pas osé -ou eu le temps deposer la question : Dans le Doubs, espace, d'où)... dans le Doubs d'où sa famille est originaire, et religieusement ensuite à la basilique Saint Ferjeux de la même ville, que je vous conseille de visiter, si vous en avez l'occasion, car c'est un superbe édifice, la basilique oui, pas la ville mais vous pouvez visiter aussi la ville qui n'est pas un édifice mais elle est très jolie également.

Ma cousine, par alliance donc et non issue de germain comme j'ai eu l'honneur de vous l'expliquer précédemment, vous prie de l'excuser de ne pas vous contacter personnellement, empêchée qu'elle se trouve de le faire elle-même, car, étant allée hier soir à un concert et se trouvant placée par le hasard de la réservation et par malchance en plein courant d'air, il en a résulté pour elle une extinction de voix qui l'empêche de parler, et je voulais, de sa part et au nom de tous vos collègues, vous assurer de leur plus profond soutien dans ces circonstances pénibles.

Croyez bien qu'ils sont de tout cœur avec vous.

Monsieur Fluet, bouleversé par tant de sollicitude de la part de quelqu'un dont il ignorait l'existence jusqu'à cet instant, en eut les larmes aux yeux.

— Merci beaucoup, je suis très touché, dit-il avant de raccrocher.

Oui, je sais, il n'est peut-être pas utile de préciser « *avant de raccrocher.* » Une fois la communication interrompue, il ne servirait à rien de continuer à parler à quelqu'un qui ne peut plus vous entendre.

— Tout de même, pensa-t-il, ça fait plaisir de ne pas se sentir seul dans ces circonstances pénibles. Mais au fait, quelles circonstances pénibles… ?

Il n'eut pas le loisir d'y réfléchir plus longtemps, la sonnerie du téléphone se fit à nouveau entendre.

— Bonjour, Monsieur Fluet, ici c'est la gardienne de l'immeuble. Je voulais savoir, pour les fleurs, vous préférez les roses ou les camélias ?

Un peu surpris par une telle demande à pareille heure, il ne voulut cependant point vexer la brave Madame Bignol -laquelle avait la gentillesse de lui monter son courrier de la semaine tous les samedis avant midi- en n'apportant pas une réponse précise à une question ne l'étant pas moins, aussi avoua-t-il avoir une faiblesse pour les roses roses, et non il ne bégayait pas, le premier vocable « roses » étant le mot féminin désignant la fleur et le second l'adjectif définissant sa couleur et ce n'est tout de même pas ma faute si l'un a donné son nom à l'autre ou vice versa.

— Sans doute, se dit-il, cette sympathique Madame Bignol a-t-elle pensé à mon anniversaire ? En ce cas, elle s'y prend assez tôt puisque c'est dans seulement neuf mois et demi.

Sur quoi, il put enfin partir, avec quelques minutes de retard ce qui allait l'obliger à presser le pas s'il ne voulait pas arriver en retard au bureau, un tel manquement à la discipline n'étant pas toléré par son supérieur direct, l'Adjoint de Deuxième classe du

Sous-Chef de Bureau.

Dans le hall de l'immeuble, il croisa la fille unique de la locataire du rez-de-chaussée, appartement 4 au fond du couloir à droite (vous ne pouvez pas vous tromper, il y a un œilleton à la porte, et juste en dessous, une décalcomanie représentant Donald en train de piquer une colère) une adolescente d'une treizaine d'années et demi que sa mère élevait seule depuis son divorce qu'elle avait demandé parce que celui qui allait devenir son ex-mari était une brute alcoolique leur faisant mener, à sa fille et à elle, une existence épouvantable, mon pauv'monsieur, je vous raconte pas, et c'est quand même bien triste de voir encore des choses comme ça à notre époque, enfin quoi c'est la vie et on a tous ses misères, mais quand même…

Habituellement, la charmante enfant ne manquait pas lorsqu'ils se rencontraient, de le saluer poliment, mais au lieu de, elle le regarda ce jour là avec un air épouvanté et s'enfuit en hurlant :

— Au secours, un fantôme !

Monsieur Fluet, surpris, vérifia qu'il ne s'était pas, par erreur et inadvertance, vêtu d'un drap blanc en lieu de place de son costume Prince de Peste, non de Galles, je me trompe de maladie, mais je n'ai pas fait d'études médicales, moi, je peux faire une erreur de diagnostic, non ?

Absolument pas, il était habillé d'une façon tout ce qu'il y a de normale. Il se palpa les bras, le torse et les jambes, puis essaya de regarder à travers sa main, au cas où il serait devenu immatériel ou transparent, mais pas plus.

La triste vérité lui apparut alors comme dit-on la Sainte Vierge à Bernadette Soubirous en l'an 1858 après JC, et j'en profite pour signaler aux ignares que ces initiales ne désignent pas Jacques Chirac -je sais bien qu'en France on a les plus vieux hommes politiques d'Europe et peut-être du monde si ce n'est de la galaxie, mais tout de même- JC, c'est Jules César, bien sûr.

Qu'est ce que vous dites ? Jésus crie ? Il ne doit pas crier bien fort parce que moi j'entends rien. Mais ne vous laissez pas distraire par ce perturbateur ou vous risquez de ne rien comprendre à ce que je vous raconte.

Du moins le crut-il, Monsieur Fluet bien sûr, pas Jules César, et pas à l'apparition de la Dame en bleu à la grotte de Massabielle mais à la triste vérité qu'il lui sembla entrevoir. Pourtant vous l'allez constater tout à l'heure, il était non seulement dans le hall de l'immeuble mais aussi dans l'erreur.

Île aux chats… Île aux chats… ? Mais que vient faire dans cette histoire une terre entourée d'eau et peuplée de félidés ? Et non, ce n'est pas l'eau mais la terre qui est occupée par des siamois, chartreux, abyssins, persans, sacrés de Birmanie et autres.

Hein ? Ça pourrait être l'eau parce qu'il existe des poissons chats ? Oh, mais c'est malin, ça. Vous, vous êtes du genre à vouloir ranger un poisson scie dans un poisson coffre !

Bon, laissez moi me concentrer, je dois tirer cette affaire au clair. Île aux chats... Île aux chats... Ça y est, je fus abusé par une similitude phonétique, *il hocha*, voulais je dire, la tête en pensant :

— Quelle époque ! A son âge, déjà consommatrice de haschich ou d'une autre cochonnerie du même genre....

Petite parenthèse culturelle : savez-vous que, tout comme le jambon, le haschich a été découvert par Parmentier ? Comment ça, c'est pas vrai...! Vous n'avez jamais entendu parler du hachisch Parmentier, peut-être ? Et vous pouvez aller voir mon épicier, il en vend, des jambons de Parme entiers.

Mais revenons à notre personnage enfin arrivé au Ministère des Décorations pour les Agents du Trésor du Quart Nord-Est du Troisième Arrondissement de Paris, appelé en interne par souci de simplification le MiDéPATréQuaNETAP.

La première personne rencontrée fut justement son supérieur direct, l'Adjoint de Deuxième classe du Sous-Chef de Bureau pour qui tout retard était inexcusable, mais heureusement Monsieur Fluet avait pu éviter ce fâcheux contretemps en marchant vite.

Ledit supérieur direct fut stupéfait de constater la présence en ces lieux de son subordonné direct.

— Vous, monsieur l'Adjoint de Troisième classe du Sous-Chef de Bureau ? Mais avez-vous pensé à la réaction des représentants syndicaux si je vous laisse occuper votre poste comme si de rien n'était ?
Ils déclencheraient immédiatement une grève com-

me quand ils ont constaté que je n'avais pas renvoyé dans ses foyers votre collègue, Monsieur Juste Hisseffette, le jour où il s'est cassé l'ongle du petit doigt de la main gauche en frappant la lettre « A » sur son clavier d'ordinateur. Alors vous, dans votre état…! Rentrez vite chez vous.

Monsieur Fluet assura être en possession de l'intégralité de tous les ongles de tous les doigts de toutes ses mains.

— De plus, ajouta-t-il, je ne me sens absolument pas souffrant.

— Je m'en doute, mon pauvre ami, c'est quelque chose qui ne risque plus de vous arriver, maintenant.

Paroles sibyllines autant qu'incompréhensibles, et nécessitant des explications que l'intéressé exigea sur l'heure.

— Mais enfin, vous semblez ne pas être au courant. Si c'est le cas, vous seriez bien le seul, tout le monde ne parle que de ça ici.

— Mais de quoi donc, mille bombardes ? s'énerva le subordonné de l'Adjoint de Deuxième Classe du Sous-Chef de Bureau, se livrant ainsi à un écart de langage dont il n'était vraiment pas coutumier mais vous savez comme moi à quel point une situation exceptionnelle peut vous faire sortir de faucons. De vos gonds, pardon ! Je pensais à un alsacien de mes amis et j'ai involontairement pris son accent.

— Mais de votre mort, voyons ! Vous êtes mort, Monsieur Fluet, regardez, c'est dans le journal.

Abasourdé autant qu'éberlui (vous jugez de son

trouble) Monsieur Fluet avisa sur le bureau de son interlocuteur un exemplaire de la presse quotidienne régionale ouvert à la page des avis de décès. Cerclé de rouge, l'un d'eux se remarquait particulièrement : « *Madame veuve Charlotte Aufraize née Fluet et ses enfants Gertrude-Anaïs et Fulbert-Gonzague ont le regret de vous faire part du décès de leur cher papa et grand père, Adhémar Fluet, à l'âge de 104 ans* ».

— Mais, mais… balbutia-t-il, ce n'est pas moi...

L'Adjoint de Deuxième classe du Sous-Chef de Bureau eut l'air choqué.

— Je n'ose comprendre. Vous ne seriez pas réellement Monsieur Fluet Adhémar ? Autrement dit, vous auriez abusé votre hiérarchie en usurpant une identité à laquelle vous n'aviez aucun droit légitime?

— Pas du tout, la seule chose à comprendre, c'est que je ne suis pas mort.

— Ah ça, c'est vous qui le prétendez. Seulement, vous l'avez bien vu, le journal affirme le contraire.

— Mais il est bien évident que c'est faux !

Le très respectable Adjoint de Deuxième classe du Sous-Chef de Bureau haussa les épaules.

— Je vois, vous faites partie des gens qui n'ont aucune confiance dans les informations diffusées par la Presse. Eh bien moi, Monsieur Fluet, je ne mets pas en doute l'honnêteté des journalistes. Ces gens-là font leur travail consciencieusement.

— Enfin, m'avez-vous déjà entendu dire que j'avais une fille à laquelle j'aurais permis, en outre, de donner des prénoms aussi ridicules à mes hypothétiques petits-enfants ?

— Non, et justement à ce propos, je suis très peiné de constater que vous nous avez caché cette information relevant, certes, du domaine privé, mais tout de même, cette dissimulation révèle de votre part un manque de franchise au moins aussi étonnante que le mauvais goût dont vous fîtes preuve en acceptant de voir votre descendance au deuxième degré affublée de prénoms que vous êtes le premier à qualifier de ridicules.

— Enfin, regardez : Décès *à l'âge de 104 ans* ! Il n'y a pas là une anomalie qui vous saute aux yeux ?

— Si, bien sûr.

— Ah, tout de même !

— Vous auriez dû prendre votre retraite il y a au moins quarante-quatre ans. Pourquoi ne l'avez-vous pas fait ?

Monsieur Fluet illustra à merveille un cœur qui n'a pas tout ce qu'il désire, le soupir qu'il poussa étant un modèle du genre. Il répondit d'un ton désabusé :

— Il y a quarante-quatre ans, je n'étais pas encore né.

— Je ne vois pas comment vous auriez pu encourir ce genre de risque, se méprit son supérieur direct qui avait compris « *encorné* ». A ma connaissance, vous n'êtes pas torero,

Une fois le malentendu dissipé, comme le cancre ne prêtant aucune attention au cours dispensé par son professeur, il parut bien zembêté, je voulais dire très nembêté…

Pardon ? Vous voulez savoir quoi ? Si c'est le professeur ou le cancre qui parut nembêté ? Et pourquoi pas le malentendu, pendant qu'on y est ! Mais c'est pas possible de poser des questions aussi idiotes ! Ne comptez pas sur moi pour vous préciser qu'il s'agit du supérieur hiérarchique direct de Monsieur Fluet, vous n'avez qu'à trouver vous-même la réponse.

— C'est tembêtant, ça (Pff, ces liaisons, je vous jure...) En effet, vous le comprendrez, on ne peut pas prétendre à l'attribution d'une retraite avant même sa naissance puisqu'on n'a pas encore versé la moindre cotisation. Et d'un autre côté, comme vous êtes né après l'âge auquel vous auriez déjà dû cesser votre activité, votre recrutement par nos services a été une erreur manifeste de leur part.
Je crains fort de voir l'Administration exiger le remboursement de tous les salaires que vous avez perçus depuis votre embauche.

Cette épouvantable perspective signifiait pour le pauvre Adhémar la ruine de toute une branche familiale sur au moins les trois générations à venir. Cette perspective était d'autant plus angoissante qu'étant sans descendance directe, il n'avait pas non plus de génération à venir.

Devant son accablement, son direct hiérarchic supérior (il est temps de me mettre à l'anglais si je ne veux pas passer pour un arriéré) proposa :

— Il y aurait bien une solution.

— Laquelle, laquelle...? s'enquit fébrilement Monsieur Fluet rempli soudain de presque autant d'espoir qu'un programme électoral de mensonges.

— Si vraiment vous n'êtes pas mort, comme vous l'affirmez et avec tant de force que je serais presque tenté de vous croire, prouvez le.

Mais oui, c'était « la » solution.

— Alors, demanda anxieusement Adhémar Léonce Gédéon (lequel n'avait jamais eu de fille prénommée Charlotte qui aurait épousé un dénommé Haufraize et donné par la suite naissance à deux rejetons aux prénoms ridicules, vous pensez bien que je ne vous aurais pas celé une information aussi capitale) que puis-je ou que dois-je faire ?

— Eh bien, vous puijez ou vous doijez faire passer un démenti de votre trépas dans la gazette ayant cru bon d'informer les foules du contraire.

— Je m'y rends de ce pas, décida l'intéressé.

— Allez, mon ami. Mais vous n'avez nul besoin de vous presser, maintenant vous avez l'éternité devant vous.

Au siège social du *Parisien Libre et Fier de l'être*, Monsieur Fluet émit le souhait de rencontrer la personne responsable de la rubrique nécrologique. Un monsieur fort sympathique le reçut non pas sur le champ puisqu'il n'était pas un laboureur au travail, mais dans son bureau, puisqu'il était un journaliste au travail.

— Comme vous pouvez le constater, je ne suis pas mort.

Le reporter ouvrit de grands yeux.

— Vous m'en voyez très heureux pour vous, mais

en quoi cela me concerne-t-il ?

— Voilà ! Cette information serait à passer dès que possible dans les colonnes de votre quotidien.

Son interlocuteur se gratta la tête.

— Franchement, je ne me vois pas sortir notre prochaine édition avec votre photo à la une, sous-titrée « *Cet inconnu est vivant* ».
Je ne pense pas qu'il s'agisse d'un scoop susceptible de présenter un grand intérêt pour notre lectorat. De plus, cela pourrait créer un précédent. Vous imaginez si tous les inconnus de France exigeaient de nous le même article ? Non seulement ça représenterait un travail colossal, mais de plus, l'intégralité de la production mondiale de papier n'y suffirait pas.

Monsieur Fluet admit que, mais expliqua :

— Ce n'est pas exactement le but de ma démarche. J'aimerais juste vous voir informer le peuple que je suis un autre Fluet Adhémar que celui décédé à l'âge de 104 ans après avoir engendré une descendante féminine prénommée Charlotte et qui allait par la suite unir sa destinée à un sieur Aufraize.

Ni Monsieur Fluet ni le journaliste ne pouvaient le savoir, mais les deux enfants du couple ainsi formé devaient faire, malgré le ridicule de leurs prénoms respectifs, de très brillantes études, la demoiselle en astrophysique et le garçon dans le domaine des mathématiques appliquées mais alors là, je me demande bien pourquoi je vous donne ces précisions parce qu'alors, qu'est ce qu'on s'en fiche…

— Vous comprenez, tout le monde pense que le

défunt, c'est moi, et je vous assure, la mort, ce n'est pas facile à vivre.

— Je vois, vous avez été victime d'une homonymie. Ne vous inquiétez pas, nous allons faire passer le rectificatif nécessaire.

Monsieur Fluet alla donc acheter, sitôt sa parution, l'édition du soir du *Parisien Libre et Fier de l'être,* pour vérifier si l'information le concernant était bien passée.

Il constata avec satisfaction que le journaliste avait tenu parole. Un article expliquait que le sieur Fluet Adhémar Léonce Gédéon, exerçant la fonction d'Adjoint de Troisième Classe du Sous-Chef de Bureau au Ministère des Décorations pour les Agents du Trésor Public du Quart Nord-Est du Troisième Arrondissement de Paris (bien sûr, le responsable de la rubrique nécrologique ne pouvait pas savoir qu'en interne, on nommait cette administration le MiDéPATréQuaNETAP par souci de simplification) que Monsieur Fluet donc avait été malencontreusement victime d'une homonymie.

Arrivé devant son immeuble, il surprit deux de ses voisines -les dames Aude Maire et Sophie Fonsec- en pleine conversation. Toutes deux, fort absorbées par leur échange verbal, ne l'avaient pas vu survenir. Il entendit la première dire à la seconde :

« — Dites, ce pauvre Monsieur Fluet qui est mort subitement alors qu'il ne paraissait pas malade... »

« — Oui »

« — Vous savez ce qu'il lui est arrivé...? »

« — Non, dites ! »
« — Je viens de le lire dans le journal. Paraît qu'il a eu une homonymie. Je ne sais pas ce que c'est, mais vous voyez, ça ne pardonne pas »

L'EXTRAORDINAIRE SAMEDI DE MONSIEUR FLUET

Ce samedi matin, il n'y avait pas un chat dans le bus où prit place Monsieur Fluet, ce qui n'avait rien de surprenant, aucun vétérinaire ni magasin de vente d'animaux de compagnie ne se trouvant sur le trajet suivi par ce véhicule de transport tant urbain qu'en commun.

En revanche, le véhicule était bondé. Non seulement le nombre de passagers était supérieur à celui des sièges, mais en outre il y avait moins de sièges que de passagers, ce qui obligea notre ami à rester debout dans l'allée centrale.

— Vous n'avez pas de quoi vous asseoir ? s'enquit une dame compatissante à ses côtés placée.

Au passage, je suis assez content de cette dernière phrase. Je trouve beaucoup plus poétique de placer placée non avant à ses côtés mais après. Comment, pas claire, ma phrase ? Relisez là je vous prie.

Toujours pas compris ? Vous êtes lourds, hein ! Je disais trouver la formulation « une dame compatissante *à ses côtés placée* » beaucoup plus poétique que « une dame compatissante *placée à ses côtés* ». Vous êtes bien d'accord avec moi ?

Non ? Alors vous êtes imperméables à la poésie, et vous me permettrez de le regretter d'autant plus que nombre de personnes (merci papa, maman, et ma petite sœur) me reconnaissent dans cet art, je n'irai pas jusqu'à dire un grand talent pour ne pas sembler immodeste, mais au moins du génie.

Enfin, tant pis, il faut savoir se mettre à la portée des ses interlocuteurs, je vais donc raconter de façon à être compris même par ceux d'entre vous n'ayant pas le sens poétique.

Je reprends donc après « l'obligea à rester debout dans l'allée centrale ».

— Vous n'avez pas de quoi vous asseoir ? s'enquit une dame compatissante placée à ses côtés.

C'est mieux comme ça, pour vous ? En tout cas, je ne tolérerai pas une autre impertinence de votre part. A la prochaine réflexion, je te vous termine le récit en vieux français, moi, vous allez voir. Et d'ailleurs je ne vois pas pourquoi j'attendrais une autre impertinence de votre part. Mise à exécution immédiate de la menace :

Messire Adhémar, Vicomte de Fluet, ayant moult lieues à parcourir, estoit fort déconfit de n'avoir point songé à mander un coche. Il héla donc un fiacre attelés à deux forts percherons à robe bai, au moment où cestui-là passait lez un vilain vestu de chausses loqueteuses et d'un bourgeron en haillons, qui tendait sa sébile d'étain ne contenant point encor le moindre liard dans la venelle chichement esclairée par quelques quinquets fumeux...

Vous avez compris ? Alors, on est bien d'accord, plus d'interruptions intempestives, hein ?

— Vous n'avez pas de quoi vous asseoir ? s'enquit

une dame compatissante dont vous savez maintenant quelle place elle occupait par rapport à Monsieur Fluet et ce n'est pas la peine que je le redise encore une fois poétiquement ou non.

— Si mais comme vous le voyez, je ne sais pas où le poser, répondit fort spirituellement l'interpellé.

Son interlocutrice, vexée, grommela que « *c'est incroyable le nombre de gens stupides qu'on peut rencontrer dans la vie* » et lui tourna le dos pour bien marquer qu'elle goûtait fort peu ce trait pourtant d'esprit.

A noter que tourner le dos consiste aussi à tourner le ventre, mais à ma connaissance, cette expression n'est jamais utilisée.

Le bus allait son chemin, s'arrêtant aux arrêts prévus, redémarrant aux redémarrêts prévus… Ah ben non, tiens, l'endroit d'où l'on redémarre continue curieusement à porter le nom d'arrêt. Pas logique, si vous voulez mon avis, et si vous ne le voulez pas, c'est trop tard puisque je vous l'ai déjà donné.

A chaque station, des gens descendaient, d'autres montaient, ces derniers s'empressant d'occuper une place libérée par un descendant avant qu'un autre montant n'eut l'idée de faire de même, bref, tout se passait pour l'Amieux (pour le mieux, pardon, c'est l'image de ces personnes voyageant de conserve qui m'a trompé) jusqu'au moment où un joli brius… Comment ça, pas joli ? Qu'est ce que vous en savez, vous n'étiez pas là.

Et puis d'abord, la joliesse étant somme toute une

notion pour le moins subjective, je peux trouver beau quelqu'un dont vous estimez le physique assez éloigné de votre conception de l'esthétisme, non ?

Qu'est ce que vous dites ? Au lit ! A neuf heures du matin, ça va pas, non ? Quoi, pas moi… Au lit, brius… ? Mais où avez-vous pêché que quelqu'un va se coucher dans cette histoire… ?

Attendez, attendez, pas tous en même temps, si vous voulez que je comprenne. Vous, le lecteur à la cravate belge et à l'accent bleu à pois blancs, parlez pour tout le monde. Pardon ? Oui, c'est la cravate qui est bleue à pois blancs, pas l'accent, et l'accent qui est belge pas les pois blancs à cravate bleue et vous m'embrouillez, à la longue.

Alors, qu'est ce que vous avez tous de si important à me communiquer pour devoir désigner un porte-parole ? On dit quoi ? Vous êtes sûr ? « *Oli* » brius et pas joli. Ah bon !

Si vous le dites… Donc, un olibrius et pas joli sans gouffra… Stop ! Pourquoi aurait-il eu un gouffra, et d'abord, c'est quoi un gouffra, ça existe, ça ? Ah… *s'engouffra…* ! Vous voyez, à m'interrompre tout le temps pour des peccadilles, je ne sais plus ce que je raconte, moi. Laissez moi narrer, bon sang.

…s'engouffra à l'intérieur.

Il bondit près du chauffeur et cria :

— C'est un détournement. A Cuba, tout de suite.

Le préposé à la conduite du véhicule tant urbain qu'en commun tenta d'objecter.

— Voyons, ce sont les avions qu'on détourne, pas

les autobus.

— Je sais bien, mais j'ai peur de prendre l'avion, je n'y peux rien. Vous n'avez pas de phobies, vous ?

— Si, les serpents. Vous n'en avez pas un sur vous, au moins ? s'effraya l'employé de la compagnie de transport affecté à la conduite de l'autobus desservant de la ligne 63, laquelle ligne était passablement encombrée mais seulement entre onze heures quinze et douze heures trente, et comme il était à peine plus de neuf heures, ce véhicule circulait normalement, alors je ne vois pas l'utilité de mentionner cette particularité.

— Et d'abord, ajouta-t-il (le chauffeur, pas l'autobus) sur le même ton d'anxiété, pourquoi gardez-vous la main dans votre poche droite ? Qu'est-ce que vous tenez ?

— Pas de panique, ça ne risque pas d'être un cobra ou une vipère, j'ai aussi très peur des serpents. C'est seulement un rasoir, mais dont je me verrai obligé de faire usage si vous tentez de résister.

— Dites moi, rétorqua le chauffeur soulagé, vous aviez de bonnes notes en géographie, à l'école ?

— Assez, oui, aux interrogations, j'étais toujours dans les dix premiers.

— Et vous étiez combien, dans la classe

— Onze. Pourquoi vous me demandez ça ?

— Vous n'êtes pas au courant ? Cuba, c'est une île. L'autre ricana.

— Entourée d'eau de tous les côtés, je sais, vous ne m'apprenez rien.

— Alors, vous devez vous douter qu'on ne peut pas y aller par la route. Vous devriez plutôt essayer de détourner un bateau, vous ne croyez pas ? Mon frère est commandant d'un paquebot ayant son port d'attache à Dunkerque, je peux vous faire un mot de recommandation, si vous voulez.

— Il n'en est pas question, j'ai tout aussi peur de prendre le bateau que l'avion.

Le préposé à la bonne marche du bus constata :

— L'avion, les serpents, le bateau… Je me trompe ou vous avez peur de beaucoup de choses ?

Le candidat au détournement d'autobus de la ligne 63 poussa un gros soupir.

— De tout, mon pauvre monsieur, de tout. C'est mon drame. Je suis craintif à un point que vous ne pouvez pas imaginer. J'ai peur du noir, d'arriver en retard à un rendez vous, des piqûres, de la police, du vide, de la foule, de me retrouver seul, de franchir un pont, de traverser la rue, de prendre la parole en public, de me perdre dans la forêt, de demander un petit découvert à mon banquier, de me tromper en recomptant ma monnaie, de choisir un costume dont la couleur ne m'ira pas, de ne pas être pris au sérieux par le conducteur du bus de la ligne 63 que je tente de détourner…

Le chauffeur du bus détourné (de la ligne 63 justement, quelle coïncidence), prenant très au sérieux la tentative de détournement de son bus pour ne pas chagriner son auteur, l'auteur de la tentative pas du bus ni de la ligne, s'apitoya :

— Mon pauvre ami, croyez que je compatis. Votre vie doit être un enfer.

— Ne dites pas ça, s'écria l'autre, visiblement horrifié.

Le salarié de la compagnie de transports urbains et en commun à qui avait été confiée la conduite d'un autobus circulant sur la ligne 63 fut fort tétonné par cette réaction.

Fort tétonné…? Cela signifie-t-il qu'il fut pourvu soudainement d'une paire de gros tétons… ? Ah mais non ! C'est encore une particularité phonétique de la langue française qui m'a enduit (ou induit, choisissez, moi je fais mal la différence entre les deux) en nerreur. Il fut fort –pause- étonné, sans liaison et sans « *t* », voilà.

— J'ai dit quelque chose de mal ? haussa-t-il un sourcil (le droit, si vous tenez à cette précision par ailleurs totalement inutile).

— Vous avez parlé de l'enfer. Ça me fait terriblement peur, ça, l'enfer ! Pas à vous ?

Monsieur Fluet commençait à s'inquiéter. Toutes ces palabres retardaient considérablement l'heure à laquelle l'autobus arriverait à son terminus d'où il devait prendre (Monsieur Fluet, pas le terminus) une correspondance susceptible, au train où évoluaient les événements, de partir sans lui. Cette hypothèse hautement désagréable le poussa à intervenir.

— En tout cas, il y a au moins une chose dont vous semblez ne pas avoir peur.

— Vraiment, vous croyez ? demanda l'olibrius et

pas joli soudain plein d'espoir en se tournant ver lui. Laquelle ?

— Vous n'avez pas peur de vous couper puisque vous gardez la main dans votre poche qui contient un rasoir, si j'en crois vos dires.

Le candidat au détournement du bus de la ligne 63 sur laquelle ne se trouvait ni vétérinaire ni magasin de vente d'animaux de compagnie (ce qui explique pourquoi il n'y avait pas un chat dans ce véhicule comme je vous l'ai dit au début de cette histoire) haussa les épaules.

— Mais bien sûr que si, j'ai peur de me couper.

— Et ça ne vous empêche pas de garder un coupe-chou dans votre poche ?

— Un coupe-chou ? Mais jamais de la vie ! Pour risquer de me trancher les doigts ou de m'entailler la cuisse avec...?

— Alors, vous nous avez menti, déducta... déductiva... en tira la déduction Monsieur Fluet, et que voilà une tournure de phrase bien peu élégante mais tant pis on comprend quand même. Vous n'êtes pas du tout en possession de ce rasoir dont vous avez mensongèrement prétendu ne pas hésiter à faire usage.

— Pas de rasoir ? s'offusqua l'homme soupçonné de bluff comme le premier joueur de poker venu. Je n'ai pas de rasoir ? Et ça, alors ?

Il sortit brutalement sa main de sa poche, et je préfère ne pas savoir qui vient bêtement de dire qu'on se doute qu'il sortit fatalement sa main à lui de sa poche à lui et non pas la main de Monsieur Fluet par exemple de la poche du chauffeur, et oui, il suffisait d'écrire il sortit brutalement *LA main de LA poche*, mais je trouve ça trop impersonnel et c'est moi qui raconte alors je raconte comme je veux, non mais sans blague.

Chacun put constater qu'il tenait dans sa main... Non, c'est pas vrai ! Attendez, je recompte les pieds. Mais oui, vérifiez par vous-même : douze, aucune contestation possible. Je viens sans le faire exprès de vous pondre encore un de ces alexandrins à faire pâlir de jalousie tous les poètes de la pléiade.

Mais j'aurai le triomphe modeste, je vous permets de continuer à me dire Vous (avec majuscule, quand même, ne tombons pas dans le copinage vulgaire). Simplement, appelez moi Maître

....qu'il tenait dans sa main un fromage...

Mais non, pas un fromage...! Je confonds encore avec une fable apprise il y a bien longtemps déjà. (C'est vous dire, j'étais bien plus jeune qu 'à présent).

J'ai oublié le titre, mais je crois que c'est l'histoire d'une cigogne qui voulait se faire plus grosse que le bœuf. C'est ce volatile qui tenait un fromage, et pas dans sa main, dans son bec. En plus, c'était sur un arbre perché qu'elle était la livreuse de bébés, pas dans l'autobus montée.

Bref ! Toujours est-il que dans sa main, l'homme tenait bel et bien... un rasoir. Mais électrique, et fonctionnant à l'aide de deux piles LR6 qu'il y en a certaines de grande marque qui durent deux fois plus longtemps que d'autres vendues trois fois moins cher et je vois mal dans ces conditions l'économie réalisée en achetant les plus coûteuses, mais bon, on me reproche souvent de rien comprendre à la pub.

En fait, sa menace présentant un danger somme toute relatif, l'homme se révélait parfaitement inoffensif, ce que constatant, trois ou quatre voyageurs retrouvèrent tout leur courage et se précipitèrent sur lui pour l'immobiliser.

— Vous pensiez vraiment, lui demanda Monsieur Fluet, obtenir l'asile politique à Cuba ?

— Mais je ne voulais pas du tout demander l'asile politique à Cuba, je voulais juste aller y passer deux semaines de vacances. Regardez, j'ai le billet de réservation à l'hôtel.
Seulement, comme je vous l'ai expliqué, j'ai peur de prendre l'avion et le bateau, alors j'avais trouvé cette solution pour m'y rendre, parce que vous voyez, cela peut vous paraître bizarre, mais je n'ai absolument pas peur de prendre l'autobus.

— C'est tout sauf une solution, objecta Monsieur Fluet. Vous ne pensiez pas naviguer avec un autobus, tout de même.

— Mais non, avec un bateau. C'est pourquoi je voulais détourner vers un port l'autobus de la ligne 63 dans lequel, étant donné qu'il ne dessert aucune station se trouvant à proximité d'un vétérinaire ou d'un magasin de vente d'animaux de compagnie, j'étais sûr qu'il n'y avait pas un chat parce que j'ai peur des chats.

Personne n'avait l'air de comprendre quoi que ce soit, et vous non plus je suis sûr, même que je suis sûr aussi que vous commencez à vous demander de quelle manière je vais me sortir de cette situation paraissant de plus en plus inextricable, mais ne vous inquiétez pas, vous avez affaire à quelqu'un qui est à la narration ce qu'un chef trois étoiles au Michelin est à la gastronomie, et qui va vous administrer la preuve de son immense talent à l'instant même.

Oui, je sais, je pourrais faire preuve d'un peu de modestie, mais n'oubliez pas : *Frère Modeste n'est jamais devenu prieur* comme le dit si bien un proverbe dont je semble être seul à connaître l'existence, et non, je n'ai pas l'intention d'entrer au couvent, c'est une image.

Bien ! Faisons comme la femme de ménage qui reprend le balayage sous les lits après avoir fait une petite pause-café, revenons à nos moutons.

— Mais vous venez de nous dire que vous avez peur de prendre le bateau ! insista Monsieur Fluet.

— Le bateau, mais pas le bus, sauf s'il dessert une ligne sur laquelle se trouverait un vétérinaire ou un magasin de vente d'animaux de compagnie, auquel cas je courrais le risque de me trouver en présence d'un lapin nain, d'une perruche, d'un chat, d'un rat, d'un bengali, d'un serpent, d'un hamster, d'un chien, d'un furet, d'une souris blanche, d'un cobaye, d'un perroquet, d'un écureuil de Corée ou de n'importe quel autre animal.
Parce que j'ai peur des lapins nains, des perruches,

des chats (je vous l'ai déjà dit) des rats, des bengalis, des serpents (je vous l'ai déjà dit aussi) des hamsters, des chiens, des furets, des souris blanches, des cobayes, des perroquets, des écureuils de Corée et de n'importe quel autre animal.

Qui a compris, à ce stade ? Qui veut terminer ce récit à ma place ? Qui ? Qui… ?

Pardon ? Vous voulez savoir quoi ? depuis quand je connais votre femme... ! N'importe quoi, je la connais pas, moi, votre femme. Vous dites? Si je ne la connais pas, comment je sais que vous l'appelez Kiki dans l'intimité ? Mais je l'ignore totalement, en voilà assez ! Allez délirer ailleurs et laissez moi finir cette histoire, bon sang, c'est déjà assez compliqué comme ça, non ?

Je reprends. Qui veut conclure à ma place ? J'en étais sûr, personne n'a pigé uniquement Béatrice.

………………………………………………………………………

Le blanc qui précède, c'était pour vous laisser le temps de rire de ma boutade, mais force m'est de le constater, mon calembour est un peu trop subtil pour vous. Vos facultés de compréhension me semblent à peine moins développées que celles de mon poisson rouge (il a quatre mois et il s'appelle Bubulle, mais vous vous en fichez complètement, je suppose).

Je vais quand même essayer de vous l'expliquer. Quoi ? Mais non, pas mon poisson rouge, mon calembour, voyons ! Vous êtes vraiment désespérants, c'est de pire en pire.

Je disais que personne n'avait pigé *que dalle*. Ben

oui, *uniquement = que* et *Béatrice = Dalle*. Béatrice Dalle... L'actrice !

Attendez, je vais vous en donner, moi, de la blague la plus vaseuse depuis la nomination de Napoléon comme premier Consul...! Bande de... je préfère ne pas préciser quoi ! Vous avez de la chance que je sois dans un bon jour, sinon je vous laisserais tomber en plein suspense.

Donc, pour dissiper l'incompréhension générale et aussi parce qu'il me faut quand même en terminer avec cette gngngngn d'aventure, le futur estivant des plages de La Havane expliqua :

— Suivez mon raisonnement. N'ayant pas peur de prendre l'autobus, j'emprunte ce moyen de transport en toute quiétude. Si le bus embarque ensuite sur un bateau, je m'en moque, parce que ce n'est pas moi qui navigue, c'est lui. Vous comprenez ? Moi, je suis bien tranquille dans un véhicule à bord duquel je ne ressens aucune appréhension.

C'est tard le soir, à vingt trois heures dix-neuf très précisément, qu'après avoir avalé son quatrième ou cinquième comprimé d'aspirine, Adhémar bondit sur sa chaise en criant « *Euréka* ».

Hein ? Mais non, il ne venait pas de de découvrir le principe archi-bête voulant que tout corps plongé dans un liquide, s'il est trop lourd pour flotter, coule au fond. C'est quoi ce délire ?

Et il ne venait pas non plus se rappeler la marque du pistolet à fléchettes offert par sa marraine pour ses huit ans, en voilà une supposition absurde...

Il venait tout simplement de comprendre pourquoi l'olibrius et pas joli avait voulu détourner l'autobus.

L'EXTRAORDINAIRE DIMANCHE DE MONSIEUR FLUET

« — *Il est des nô-ôtres, il a bu son verr' comme les au-au-tres* ».

Il y avait une ambiance terrible au Chalet d'alpage du Mont de Baulmes perché à presque mille trois cents mètres au dessus du niveau de la mer dans le joli canton de Vaud en Suisse.

Ça, franchement, ça m'épate. L'altitude du chalet, je veux dire, pas l'ambiance. D'abord, je ne savais pas qu'il y avait la mer dans ce pays, et surtout qu'il fallait creuser autant avant d'apercevoir la crête des vagues.

Mais bref ! Là n'est pas le sujet de ce récit.

Monsieur Fluet était parti très tôt le matin avec un autocar et une association fondée par ses collègues de travail comme disent ceux qui ne craignent aucun pléonasme (un collègue étant quelqu'un avec qui on travaille, préciser collègue *de travail* équivaut à ajouter *de sexe masculin* si l'on parle d'un homme) et dont il était membre.

Et c'est désolant de devoir préciser à l'intention de certains que ce n'est pas d'un pléonasme qu'il était membre, mais d'une association.

« Les FARFELUS » (Francs Amis qui Regrettent Fortement l'Époque Lointaine où ils Utilisaient un Solex) faisaient une excursion en riante Helvétie, et se trouvaient présentement dans ce restaurant d'où l'on a une vue magnifique.

C'est au dessus de Sainte Croix, et vous ne pouvez pas vous tromper, vous passez près de la gare et après ça grimpe méchamment mais il n'y a qu'une route et quand vous ne pouvez pas aller plus loin parce qu'il n'y en a plus, de route, vous êtes arrivés, et vous pouvez déguster les délicieux beignets de fromage concoctés par Claude, le très sympathique patron, servis par Jocelyne, la très sympathique patronne, et vous verrez aussi Pataud, le très sympathique bouvier bernois gentil comme tout à qui vous pouvez faire une caresse de ma part.

Pour information, vous pouvez éventuellement, au lieu des délicieux beignets au fromage, choisir une fondue, elle est succulente aussi.

Le fendant blanc et le goron rouge avaient coulé à flot et dans les gosiers de nos joyeux lurons et le marasquin clôturait les agapes. Il fallait maintenant prendre le chemin du retour. Tout le monde remonta dans l'autocar loué pour l'occasion et par le Président fondateur de l'association, Monsieur Joseph Leuré-Tonssin.

C'est dans une ambiance festive et bon enfant que le véhicule de transports en commun et de location arriva à la zone démarquant la Confédération de la République provisoirement cinquième du nom.

A la frontière suisse, tout se passa pour le mieux. On s'assura simplement que personne n'avait profité de son incursion au pays de Guillaume Tell pour exporter une quantité excessive de chocolat ou de cigarettes, mais c'est à la doine françaises que tout se gâta.

L'un des deux doiniets français (Comment, ça ne s'écrit pas comme ça ? Eh bien, ça devrait, ça m'éviterait de faire des fautes d'ortografe) demanda si quelqu'un avait quelque chose à déclarer.

Pour plaisanter, Monsieur Fluet dit qu'il déclarait, au nom de tous, avoir passé une très bonne journée et qu'il espérait avoir l'occasion de renouveler cette heureuse expérience le plus tôt possible.

Le douanier (merci, tante Alice, tu vois, le dictionnaire que tu m'avais offert pour mon certificat que j'ai raté en 1962 est un cadeau très utile) fut fort vexé de ce qu'il prit pour une marque d'irrévérence envers sa fonction.

— Dites donc vous, le presque chauve bedonnant à l'humour douteux, veuillez me présenter je vous prie les documents attestant de votre identité.

Monsieur Fluet, surpris mais point encore inquiet -ce qui n'allait pourtant pas tarder comme vous allez pouvoir le constater- souscrivit de bonne grâce à la requête de l'agent de l'administration en charge de la perception des droits sur les marchandises importées ou exportées (encore merci, tante Alice, c'est très instructif le petit Larousse, vraiment. On devrait le lire plus souvent).

Le fonctionnaire à qui était confiée la tâche des contrôles aux frontières regarda longuement la photo apposée sur la cardentité, comme disent les gens trop flemmards pour prendre la peine d'articuler correctement, regarda longuement aussi le visage du titulaire de ladite carte, appela son collègue, lui montra le document officiel, et lui murmura quelques mots à l'oreille, du collègue bien sûr, un document officiel n'ayant pas d'oreille.

— Veuillez me suivre au bureau, je vous prie.

— Moi ? s'étonna Monsieur Fluet.

— Évidemment, vous. Si je désirais que quelqu'un d'autre me suive au bureau, ce n'est pas à vous, mais à lui-même, que je m'adresserais, non ?

Confondu par cette logique, Adhémar obtempéra.

— Je suis désolé, s'excusa le douanier en ouvrant un tiroir, mais une panne inopinée nous privant momentanément de l'usage de l'ordinateur, je me vois contraint de revenir aux anciennes méthodes et heureusement qu'avant de détruire tous les fichiers papier on en avait fait des photocopies. Maintenant que tout est sur disque dur, on serait drôlement dans la panade quand cette cochonnerie d'informatique est victime d'un dysfonctionnement, ce qui est hélas souvent le cas.

Il compulsa rapidement ses fiches, et sous daim, en selle et xiona hune... Houlà ! Visiblement, le dernier marasquin « pour la route » était de trop, reprenons nos esprits... et soudain, en sélectionna une, c'est mieux comme ça.

— Je m'en doutais, s'exclama-t-il en montrant la fiche à son collègue, on est tombé sur un gros morceau. Regarde : Monsieur est en réalité Onésime

Hochkeça, recherché par Interpol pour de nombreux délits commis en Suisse, dont je me contenterai de t'énumérer les principaux.
- Acte de brigandage d'une confiserie en mille neuf cent nonante huit, à Lausanne. Butin, dix tablettes de chocolat au lait.
- Grivèlerie de restaurant en janvier nonante neuf. Il est parti sans payer après avoir consommé un café au Buffet de la Gare de La Chaux de Fonds.
- Agression verbale d'un pompiste en deux mille un. Il a gravement insulté l'employé de la station service en le traitant de « *bobet* ».
- En août deux mille quatre, outrage à policier dans l'exercice de ses fonctions. Il a grommelé « *zut* » à l'intention de l'agent en train de le verbaliser pour avoir traversé une route à côté d'un passage pour piétons. On recherche des témoins, discrétion et anonymat assurés…

Le visage de Monsieur Fluet devint soudain d'un très joli vert poireau susceptible d'attirer l'attention d'un cannibale tenté par un éventuel abandon des pratiques culinaires ancestrales et son remplacement par un régime végétarien.

Le douanier se tourna vers lui. Hein ? Mais non pas vers le cannibale... Et pas vers le régime végétarien non plus, voyons ! Vers Adhémar.

— Allons, Onésime, sois beau joueur, tu es fait.

— Mais, mais… Je ne suis pas du tout celui que vous croyez. Je me nomme Fluet, regardez ma carte d'identité.

— On va donc ajouter « Faux et usage de faux » à la longue liste de tes méfaits.

L'employé des douanes lui colla son papier sous le nez.

— Inutile de nier, regarde ma fiche.

Souscrivant à l'invite, Monsieur Fluet jeta un coup d'œil à la photographie ornant le document que lui montrait le douanier (nom masculin, prends un « s » au pluriel, féminin : douanière. Tu vois, tante Alice, je ne peux plus me passer de ton si merveilleux cadeau. Encore merci et gros bisous de ton neveu unique qui t'aime beaucoup, et j'espère que c'est pas vrai que tu veux vendre ta maison en viager, hein ?)

Il constata à peine moins de ressemblance entre l'homme recherché et lui qu'entre un bébé kangourou et une chenille processionnaire. La seule chose qu'ils pouvaient avoir en commun, c'était au niveau des yeux, et encore, pas dans la forme ou la couleur, uniquement pour le nombre.

— Mais... il pèse au moins cent trente-cinq kilos, votre bonhomme, et j'en fais à peine quatre-vingt-cinq.

— C'est ça, cent trente cinq kilos pile. Et comment pourrais tu connaître son poids précis si tu n'es pas lui ? Il faudra d'ailleurs m'expliquer comment tu as fait pour maigrir à ce point, ça peut intéresser ma femme. Et moi aussi, parce qu'elle a beau essayer tous les régimes, elle n'arrive pas à descendre en dessous du quintal et ça ne me déplairait pas, à moi, d'avoir dans mon lit quelqu'un qui évoque plus

Arielle Dombasle que Maïté.

— Il a une tignasse épaisse, toute frisée !

— C'est vrai, tu t'es drôlement dégarni depuis que cette photo a été prise. Pourtant elle date d'à peine deux ans. Tu devrais consulter un spécialiste capillaire ou un endocrinologue, mon vieux.

— Il a une grosse moustache !

— Si tu veux mon avis, tu as bien fait de la raser, ça ne t'allait pas du tout.

— Cette moustache est noire, comme ses cheveux, et les miens, du moins ceux qui me restent, sont blond roux.

— Je ne peux pas constater ce genre de détail, je suis daltonien.

— Il a le nez épaté.

— Ce qui m'épate, moi, c'est qu'on ne voit aucune cicatrice, le chirurgien qui a fait ta rhinoplastie est vraiment un crack.

Monsieur Fluet fit une ultime tentative.

— Mais c'est un noir ! Et moi, je suis blanc.

— C'est vrai qu'il est tout pâle, chef, remarqua le second douanier. La trouille d'être démasqué, sans doute ?

— Mais pas du tout, enfin. Je vous dis que votre suspect est un homme de couleur, et moi non.

Le chef douanier se gratta la tête.

— Ça, c'est possible.

— Comment, possible ? C'est certain. Regardez la photo sur votre fiche, et regardez moi.

— J'ai dit que c'était possible, mais je ne peux pas

m'en rendre compte. Je t'ai dit que j'étais daltonien.

A ce moment, le chauffeur de l'autocar entra dans le bureau pour demander si Monsieur Fluet en avait encore pour longtemps parce qu'on avait pas mal de route à faire et il ne voulait pas rentrer trop tard à la maison, sinon il devrait manger froid et la digestion se faisait alors moins bien, ce qui lui provoquait des cauchemars générateurs de sommeil agité, ce dont son épouse, empêchée de passer la nuit paisible à laquelle elle estimait avoir le droit de prétendre, lui faisait reproche le lendemain.

Le fonctionnaire des services douaniers fronça le sourcil et lui demanda de répéter ce qu'il venait de dire, au chauffeur bien sûr, pas au sourcil.

Docilement, l'homme répéta.

— J'ai dit que je voudrais bien récupérer Monsieur Fluet parce que route à faire, manger froid si rentrer trop tard, mal digérer, cauchemars, sommeil agité, reproches, tout ça…

— Vous avez bien dit « Fluet » ?

— Mais oui.

— Et vous parlez bien de monsieur ? se fit préciser le douanier en pointant son index en direction de celui qu'il commençait à ne plus tellement croire être en réalité un homme en qui il pensait avoir reconnu initialement quelqu'un sur qui Interpol avait lancé un avis de recherche pour lui demander des explications au sujet de délits commis par lui-même en Suisse, et j'ai beau relire cette phrase qui paraît bigrement tourmentée, elle me semble malgré tout correcte au plan grammatical.

— Effectivement.

— Donc vous venez implicitement de confirmer qu'il se nomme Fluet.

— Depuis sa naissance, à ce que je me suis laissé dire parce que même si nous sommes devenu amis d'enfance par la suite, j'ai fait sa connaissance il y a seulement une dizaine d'années.

Le douanier prit un air sévère

— Faites bien attention à ce que vous allez dire. Un faux témoignage qui s'avérerait inexact et contraire à la vérité, c'est grave comme l'accent placé sur le deuxième « e » du mot élève. Vous affirmez, sous le foie du serpent, je voulais dire sous le poids du sergent, ou plutôt sous la foi du serment, que cet individu ici présent est bien le sieur Fluet, donc aucunement Onésime Hochkeça, personne recherché par Interpol pour de nombreux délits commis en Suisse et dont je n'ai pas à communiquer le détail à un simple civil ?

— Je soussigné Louis Fine, dit Loulou, affirme et confirme, même sous le choix du fervent ou sous la loi du ferment comme vous préférez, que Monsieur est Fluet autant que vous-même êtes douanier, et maintenant au revoir, mais comme j'ai eu l'honneur de vous expliquer antérieurement, nous ne sommes pas encore rendus et nous ne pouvons nous attarder davantage.

— Très bien. Dans ce cas, vous pouvez emmener Monsieur à qui je présente toutes mes excuses pour ce regrettable malentendu, mais vous comprenez, je fais mon travail, et abusé par une ressemblance hallucinante, je crus reconnaître sous les traits de votre ami devenu d'enfance un homme que j'ai reçu mission d'appréhender…

— C'est ça, c'est ça, coupa l'autocariste. On vous fait grâce de la suite. Tu viens, Adhémar ?

— J'arrive, Loulou.

Là-dessus, au fond des forêts,
Loulou l'emporte et puis le mange,
Sans autre forme de procès.

Alors, là, ça va plus du tout chez moi… ! Pourquoi me vient-il soudain cette réminiscence de la fable *Loulou et l'agneau* ? Je devrais peut-être me faire canaliser par un psy, vous croyez pas ?

Vous aviez rectifié d'office, j'espère ! Je voulais bien sûr dire :

Là dessus, au fond de son car,
Le chauffeur emporte Adhémar
Sans autre forme de procès.

Après coup, Monsieur Fluet fut le premier à rire de sa mésaventure, seulement, comme il l'expliqua sur le moment à ses compagnons de voyage :

— Je n'ai rien contre l'Europe mais tout de même, on éviterait peut-être ce genre de désagréments en ne mettant pas de douaniers étrangers en poste à une douane française.

— Ah bon, ce n'était pas un Français, le douanier à qui tu as eu affaire ?

— Mais non, il me l'a dit lui-même. D'ailleurs, je

me demande d'où il vient. Je croyais connaître tous les pays de l'Union Européenne, je sais qu'il y a la Roumanie, la Lettonie, la Slovénie, l'Estonie... mais c'est bien la première fois que j'entends parler de la Daltonie.

MONSIEUR FLUET

PASSE UN CONCOURS

MONSIEUR FLUET
PASSE UN CONCOURS

Je vais vous poser une question. Quelle est la principale occupation d'un fonctionnaire ? Mais non ce n'est pas du tout la fabrication de cocottes, vous êtes mauvaise langue ! Et d'abord, même si c'était vrai du temps de Courteline, essayez voir maintenant de faire des cocottes en écran d'ordinateur, gros malin !

Alors, j'attends une réponse. Oui, le lecteur Déodatien (habitant de Saint Dié des Vosges, code postal 88100, capitale mondiale de la géographie, à 2 h 20 de Paris par le TGV depuis 2007) qui lève la main…

Hein ? La quoi ? La grève...! Pas fou, non ? Oser soupçonner les fonctionnaires de se mettre en grève à tout propos... Excusez vous tout de suite avant que l'ensemble du personnel administratif ne déclenche un arrêt de travail en représailles.

Voilà, tout le monde a bien entendu, à l'Éducation Nationale ? Le monsieur a promis de copier cent fois « *Je ne dirai jamais plus de méchancetés infondées sur les braves employés de la Fonction Publique* ».

L'incident est clos.

Pourrai-je connaître la raison de l'hilarité du petit groupe, là, au premier rang ? Parce qu'un petit futé a ajouté *comme l'œuf couvé…*

Mais c'est très drôle, ça, je ne vais plus pouvoir

m'arrêter de rire, quand j'aurai compris.

Ça y est, j'ai compris : l'œuf couvé éclot. Eh bien non, je ne ris pas, et je voudrais qu'on en revienne à la question que je vous ai posée, à laquelle personne ne me paraît être en mesure d'apporter une réponse intelligent. Je vais donc le faire moi-même.

La principale occupation, voire préoccupation d'un fonctionnaire, c'est de passer des concours, et même des concours internes, réservés à ceux qui sont déjà fonctionnaires et je me demande bien la raison d'une telle discrimination,

Toujours est-il que c'est en passant des concours qu'un fonctionnaire peut monter, mais non pas dans les étages supérieurs, pour ça il y a des escaliers et quand ceux-ci sont en panne, des ascenseurs. Monter en grade. Gravir les échelons de la hiérarchie si vous comprenez mieux comme ça.

D'ailleurs, c'est grâce à un concours que monsieur Fluet était entré dans la Fonction Publique, mais pour lui, c'était un concours de circonstances.

Que je vous explique !

Rien ne le prédisposait pourtant à une carrière dans le fonctionnariat, et lui-même ne l'avait nullement envisagé. La preuve, la première fois que quelqu'un (en l'occurrence, il s'agissait plutôt de quelqu'une, la question étant posée par une voisine venue boire le café chez ses parents) que quelqu'un, disais je, lui avait demandé :

— Et qu'est ce qu'il compte faire, ce petit garçon, quand il serait grand ?

Il avait répondu :

— Acheter un autre pantalon, parce que celui que je porte maintenant sera devenu trop court.

La voisine en avait conclu in petto (elle avait épousé un italien, mat de teint, noir de poil et maçon de profession) que Papa et Maman Fluet avaient du souci à se faire pour l'avenir d'un enfant semblant mentalement aussi limité.

Sa mère -à la voisine, pas au gamin (poisson d'avril ! C'est justement le contraire)- avait tout de suite compris, bien sûr, que son rejeton avait un sixième sens, dont je viens justement de faire montre pour illustrer mon propos, celui de l'humour.

Et c'est même pas vrai que ça ne fait rire que moi, ça a beaucoup amusé ma femme aussi, bande de jaloux.

Parce qu'il avait déjà une idée de son futur métier, le gamin. Oh, il ne rêvait pas de devenir pompier ou vétérinaire comme tous ceux de son âge. Je ne sais pas si vous l'avez remarqué, mais à six ou sept ans, presque tous les enfants veulent être pompier ou vétérinaire. Du moins les garçons, parce que les filles, c'est infirmière ou maîtresse. D'école, pas de quelqu'un de riche ou d'influent, ça c'est plus tard que certaines commencent à y penser.

Heureusement, par la suite, la plupart changent d'orientation. Vous imaginez, s'il y avait en tout et pour tout quatre corps de métier dans tout le pays...?

Il faudrait des familles avec au moins dix enfants (pour faire travailler les enseignantes) tous malades quinze jours par mois (pour donner du boulot aux infirmières) et qui allument un incendie toutes les semaines (pour permettre aux soldats du feu de gagner leur vie).

En outre, il devrait y avoir également dans chaque foyer (afin d'éviter le chômage aux vétérinaires) trois chiens, six chats, un hamster, un couple de canaris, voire pour les plus fortunés ou les plus excentriques, un crocodile, un vautour, un fennec, un hippopotame ou un kangourou.

Mais je m'aperçois d'une possible ambiguïté dans mes propos. Chers amis des animaux, rassurez-vous, j'entends par « *foyer* » la maison où l'on habite, pas celle qui serait en train de brûler.

Vous me voyez vous suggérer l'image de pauvres bêtes hurlant et se tordant dans les flammes d'un incendie comme dans celles de l'enfer les âmes de ceux à qui Saint Simon (de son vrai prénom, Pierre étant son nom de scène, comme quoi Johnny Smet n'a rien inventé en devenant Jean-Philippe Hallyday) aurait refusé l'entrée de son paradis, enfin ce n'est pas le sien propre mais celui dont il est chargé d'assurer la garde, et voilà encore une phrase bien trop longue, il faut quand même que j'apprenne à faire plus court, moi.

Vous me prenez pour un affreux sadique ou quoi ? Je ne remercierai pas la dame qui vient de dire que je n'étais pas affreux, je préfère ne pas approfondir ce genre de réflexion.

Et si on revenait à petit Fluet, dont il me semble

qu'on s'est considérablement éloigné, qui ne voulait pas, contrairement à la majorité des enfants de son âge, être pompier ou vétérinaire ? Lui était beaucoup plus réaliste. Il voulait être « *compteur de poteaux téléphoniques le long des voies ferrées* ».

Ce souhait d'orientation professionnelle pouvait paraître un peu surprenant, mais il était pourtant le fruit d'une réflexion relevant d'une parfaite logique.

Tout commença un jour où il effectuait, avec sa mère et l'omnibus de neuf heures trente-sept (horaire de passage à la gare desservant la localité où ils résidaient) le trajet devant les mener tous deux (tous deux, c'est sa mère et lui, pas sa mère et l'omnibus, quoique l'omnibus ne pouvait pas les y mener sans s'y mener lui-même et je me demande alors si je ne devrais pas, dans ce cas, dire les mener tous trois, mais tout bien réfléchi, non, parce que l'omnibus, n'ayant pas pour but ultime l'endroit où il menait Madame Fluet et sa progéniture, compte pour du beurre).

Ensuite… Pardon ? Je n'ai pas fini ma phrase... Vous êtes sûrs ? Attendez moi là, je remonte vérifier.

…………

Ça y est, je suis de retour. Excusez moi si j'ai été un peu long, mais j'ai relu trois fois et c'est vous qui avez raison. Faut dire aussi à ma déchetterie, non, à ma décharge (mais pourquoi y a-t-il dans la langue française des mots qui ont différents sens ?) que j'ai été abusé par ma longue digression.

Vous ne trouvez pas ça abusant, vous, une longue

digression ? En tout cas, moi ça m'abuse beaucoup.

Attendez, j'ai mal compris, là ! Je n'ai pas entendu quelqu'un me suggérer de laisser aux teinturiers dont c'est la tâche (la tâche, en plus, pour un teinturier, très drôle) le soin de digresser ? Oui, c'est ça, j'avais mal compris, je préfère.

Pour en revenir à ma phrase non terminée, je vais la reprendre en résumant le début.

… un jour… sa mère… l'omnibus… trajet devant les mener à la ville proche où se tenait tous les jeudis un marché mensuel... Hein ? Plutôt hebdomadaire ? Oui, peut-être. Il faut préciser qu'en ce temps-là, la famille Fluet habitait encore à la campagne, c'est seulement plus tard qu'elle s'installera à Paris, le chef de famille ayant trouvé dans la capitale un emploi plus rémunérateur parce que mieux payé.

En ménagère avisée et soucieuse de la bonne santé de son porte-monnaie autant que de celle de ses proches, Madame Fluet mère achetait ses fruits et ses légumes directement chez le producteur où elle savait les payer moins cher (dame, en supprimant un intermédiaire et sa marge bénéficiaire, on réduisait fatalement les coûts de distribution) et trouver des produits plus frais qu'à l'étal de l'épicerie du village, laquelle n'était approvisionnée que toutes les deux semaines et je vous laisse imaginer l'aspect d'une laitue fraîchement cueillie de douze ou treize jours.

Tout ceci vous explique la raison de la présence de Madame Fluet dans l'omnibus, celle de son petit Adhémar étant justifiée par le besoin de renouveler quelque peu sa garde-robe, et c'est fou ce que les enfants grandissent vite, ma pauv'dame, qu'on se ruine à tout le temps devoir leur acheter de nouveaux habits, mais enfin il faut bien en passer par là.

Fluet junior prononça alors cette phrase à laquelle fut apporté une réponse devant le marquer particulièrement.

— Maman, je m'ennuie.

— Eh bien, tu n'as qu'à compter combien il y a de poteaux téléphoniques le long de la voie ferrée, ça te passera le temps.

Obéissant, l'enfant Fluet suivit le conseil maternel et dut constater, arrivé à trois cent quatre-vingt-deux et à la gare de destination, qu'il ne s"était plus du tout ennuyé jusqu'à la fin du voyage. Cela lui donna à réfléchir.

Il entendait parfois des gens se plaindre d'avoir un travail ennuyeux.

« — Je te jure, c'est vraiment pénible de bosser dans ces conditions, qu'est-ce que les journées peuvent paraître longues... ».

Comme on ne pouvait pas vivre sans travailler, il convenait donc de choisir une profession dans l'exercice de laquelle on ne s'ennuyait pas, et comme on ne s'ennuyait pas du tout en comptant les poteaux téléphoniques le long des voies ferrées, il avait très logiquement décidé d'en faire son futur métier.

Malheureusement pour lui, il devait s'apercevoir par la suite que la voie choisie (mais non, pas la voie ferrée, nullards, la voie professionnelle, la carrière si vous préférez) offrait trop peu de débouchés, et c'est ainsi qu'il avait commencé sa vie ferrée… Attendez, qu'est ce que vous me faites dire, encore ? …sa vie professionnelle comme livreur de bouteilles d'encre de Chine chez un grossiste en fournitures pour les librairies et les collectivités.

Or, un jour, il fut amené à honorer une commande passée par le Ministère des Décorations Pour les A‑gents du Trésor du Quart Nord-Est du Troisième Arrondissement de Paris.

Pour prouver la bonne exécution de la tâche qui lui a été confiée, un livreur est tenu de faire apposer sur un bordereau dit de livraison le cachet de l'établissement livré, accompagné du paraphe d'un membre du personnel habilité à réceptionner la commande.

Ce document doit également, pour la bonne forme, être signé par la personne ayant effectué la livraison, c'est-à-dire en l'occurrence, par Monsieur Fluet, tout jeune homme à l'époque, et qui venait à peine de se débarrasser d'un acné juvénile particulièrement sévère mais je ne sais pas s'il est vraiment utile de mentionner ici cette dernière information.

Et c'est là que le hasard intervint. Sur le bureau où le jeune livreur venait de déposer douze bouteilles d'encre de Chine de format réglementaire pour le contenant, et de couleur noire pour le contenu, se trouvait un formulaire permettant de postuler à un emploi au sein de cette noble administration

Il était à l'âge… Ah non, ça suffit ! Je ne veux pas savoir lequel parmi vous vient de demander si ce

« Il » désigne le formulaire, l'emploi, le contenu des bouteilles, le réceptionnaire ou son bureau ! Que son voisin le plus proche lui colle une baffe de ma part, merci, et oublions cette intervention stupide.

Monsieur Fluet était donc à l'âge où l'on se laisse facilement distraire par le corsage - plus précisément par le contenu dudit- d'une secrétaire, laquelle avait, outre les cheveux d'une jolie teinte blond platine et un abonnement à Nous Deux, omis de clore les deux premiers boutons de cet accessoire vestimentaire, ce qui permettait à un regard indiscret de deviner plus que la naissance d'une gorge susceptible de faire battre un peu plus vite le cœur d'un jouvenceau ne connaissant encore ces charmes typiquement féminins que par leur reproduction photographique.

Quelque peu ému, il apposa sa griffe, par erreur et d'une main agitée d'un léger tremblement consécutif à l'émoi causé par cette troublante vision, non pas sur le bordereau de livraison comme il seyait, mais sur la demande de candidature le jouxtant.

Revenu de sa tournée, l'esprit encore tout plein du charmant spectacle ayant enchanté sa rétine, il dut subir l'ire de son patron, consécutive à la virginité manifeste de la case censée contenir un exemplaire de sa signature, anomalie à laquelle il fut bien incapable de donner une explication, certain qu'il était de n'avoir point failli à cette obligation, mais bien sûr, il ne pouvait pas s'être rendu compte qu'au lieu d'attester de la bonne exécution de sa mission, il avait fait en réalité acte de candidature à un emploi d'apprenti coursier stagiaire.

Juste pour l'anecdote (cette précision n'ajoute ni n'enlève absolument rien au récit) l'imprimé signé par erreur et le jeune Adhémar était composé d'une liasse de deux feuillets, les mentions portées sur le premier se reproduisant sur le second par un système de papier auto-carboné, à condition, comme une mention en bas de page en informait l'utilisateur, d'appuyer fort et d'utiliser un crayon à bille noir ou bleu mais à mon avis, ça devait marcher aussi avec un crayon à bille rouge ou vert.

Et d'abord, le simple fait de mentionner ceci en bas de page est un peu idiot, parce que généralement on commence sa lecture par le haut de page et on risque ainsi d'avoir rempli entièrement l'imprimé sans appuyer fort, avec un feutre ou un crayon de papier, avant de se rendre compte que c'étaient deux choses à ne surtout pas faire.

Toujours est-il que son employeur (l'employeur du crayon de papier, pas de l'imprimé, bien sûr... Ah, ah ah ! Alors, vous voyez, ça n'amuse que celui qui les profère, ce genre d'âneries.)

Mais soyons sérieux, je viens de déstabiliser ceux qui essaient de suivre. Reprenons le fil du récit.

Toujours est-il, disais-je, que l'employeur du petit Fluet mettait un point d'honneur à pouvoir présenter des pièces comptables ne prêtant pas le flanc à la critique. Tiens, c'est marrant, ça, une banale feuille de papier qui non seulement aurait un flanc, mais en laisserait gratuitement l'usage temporaire à autrui...

De son côté, l'Administration ayant fait l'acquisition de ce mélange de noir de fumée, de gélatine et de camphre destiné à être appliqué à la plume ou au pinceau, devait sans doute elle-même justifier de la bonne forme de cette transaction.

Pour ces deux raisons, le livreur distrait se trouva dans l'obligation de retourner le lendemain au ministère afin de régulariser le document litigieux.

Sept chaussettes... Comment ça, sept chaussettes ? Ah non ! *Cette chose faite* -excusez-moi, j'avais mal articulé- on le pria de compléter, avant de repartir, un formulaire au bas duquel il eut la stupéfaction de découvrir sa signature.

A part son paraphe, il manquait sur ce document la totalité des renseignements devant y figurer : nom, prénoms (dans l'ordre de l'état civil et souligner le prénom usuel, merci) sexe (masculin ou féminin, ne cochez qu'une seule case) diplômes obtenus, numéro d'immatriculation à la Sécurité Sociale, date et lieu de naissance, âge (très facile à déterminer d'après la date de naissance, donc précision totalement inutile, mais ça c'était pas marqué, bien sûr, c'est juste une réflexion de ma part) nationalité, groupe sanguin, profession du père, couleur des yeux, taille, poids, profession de la mère, âge de vos arrière grands-parents au décès, y a-t-il eu des cas de dérangement mental dans les dix générations précédentes...

On l'informa également qu'il aurait à fournir divers justificatifs : une photocopie de sa carte d'identité, un certificat de travail de ses employeurs précédents, un autre certificat -médical celui là- stipulant qu'il ne souffrait pas de cholestérol, d'hypertension, de diabète, d'asthme, d'ongles incarnés, de cancer ou autre babiole, un extrait de casier judiciaire, une justification de non inscription au fichier central des incidents de paiement, une attestation de bonne vie et mœurs établie par sa concierge...

— Quand même, pensa-t-il, c'est incroyable tout ce que peut demander l'Administration pour une bête commande d'une centaine de francs. Heureusement, tous mes clients ne sont pas aussi exigeants, sinon je finirais mes journées le surlendemain, moi.

Une telle réflexion de sa part nécessite, je pense, quelques explications :

Tout d'abord, il semble difficile à une journée de se terminer le surlendemain, au risque de générer des semaines de quinze jours de travail au lieu de cinq, ce qui, même sans être hostile au principe des heures supplémentaires, semble un tantinet excessif.

Ensuite, certains d'entre vous parmi les très jeunes s'interrogent peut-être sur ces « *francs* » dont il est question d'une centaine. Il s'agit là d'une ancienne monnaie, ancêtre des euros, ayant cours légal en ces temps reculés où la France n'avait pas encore subi un impressionnant bouleversement géographique la situant désormais en Europe.

Cela dit, je ne sais plus du tout où j'en étais... Ah oui, Monsieur Fluet jeune en train de remplir des tas de paperasses et croyant que c'était en rapport avec la commande livrée la veille alors qu'il venait en fait de solliciter son intégration dans les rangs de la grande famille administrative.

Notons -comme Amélie- (Oui, Amélie Nothomb. et si vous ne trouvez pas ça drôle, n'empêchez pas les autres d'en rire, bande d'égoïstes). Notons, disais-je, que la secrétaire portait le même corsage que la veille, identiquement boutonné ou pareillement déboutonné, c'est comme vous voulez.

Le jeune Adhémar n'avait donc pas trop l'esprit à ce qu'il faisait. C'est la raison pour laquelle son vis-à-vis, après vérification des renseignements fournis, dut lui faire part de son étonnement de le voir porter le curieux prénom de « *B+* ». Il trouvait également étrange que l'on puisse être âgé d'un mètre soixante-quatorze et avoir les yeux de couleur « *femme de ménage* ».

Erreurs minimes dont la rectification s'avéra aussi facile qu'immédiate.

Bref, quelques semaines plus tard, lui parvint un courrier l'avisant que sa candidature pour le poste d'apprenti coursier stagiaire avait été retenue (parmi deux nombreuses autres) et qu'il devait se présenter au ministère et dans les plus brefs délais pour signer son contrat d'embauche.

Étonné, il se demanda bien qui avait pu faire pour lui et à sa place cette demande d'emploi, mais après tout, pourquoi ne pas profiter de l'aubaine ?

Bien sûr, dans son activité actuelle il avait des possibilités d'avancement. Il pouvait espérer devenir un jour chef livreur de bouteilles d'encre de Chine, avec un ou deux livreurs de bouteilles d'encre de Chine sous ses ordres et même, qui sait, être nommé responsable de la formation des apprentis livreurs de bouteilles d'encre de Chine, mais quand même...

L'Administration, c'était la sécurité de l'emploi, l'évolution de carrière assurée même pour les plus nuls, les augmentations de salaire obtenues plusieurs fois par an par les syndicats, la retraite aussi précoce que confortable, une secrétaire qui ne boutonnait pas complètement son corsage...

Non, non, oubliez ce dernier point, ce n'est pas du tout significatif des avantages offerts par la Fonction Publique, voyons !

Bref, voilà pourquoi et comment Monsieur Fluet était devenu fonctionnaire. L'ancienneté, quelques concours, et il se retrouvait aujourd'hui, comme je vous en ai précédemment informé, Adjoint de Troisième Classe du Sous-Chef de Bureau.

Et justement, le Chef de Bureau étant atteint... Comme quoi, dites-vous ? La tarte... Vous en voulez une, hein ? Vous en voulez vraiment une...? Non mais ! ...étant atteint par la limite d'âge, il devrait bientôt faire valoir ses droits à la retraite, ce qui entraînait la vacance et donc la disponibilité du poste qu'il occupait.

Le Sous-Chef de Bureau allait pouvoir passer Chef de Bureau, l'Adjoint de Première Classe du Sous-Chef de Bureau pouvait espérer devenir lui-même Sous-Chef de Bureau, l'Adjoint de Deuxième Classe du Sous-Chef de Bureau pouvait prétendre accéder au grade d'Adjoint de Première Classe du Sous-Chef de Bureau, et lui, Monsieur Fluet, devait en toute logique se retrouver promu Adjoint de Deuxième Classe de je ne vous dis plus qui parce que ça finit par devenir lassant.

A condition pour chacun de réussir un concours comportant deux sortes d'épreuves : les cris…. Les cris ? Ça peut être une épreuve de concours, ça, des cris… ? Attendez, on me fait passer un papier… Mais évidemment, suis-je bête ! Qui a dit oui… ? Je ne posais pas une question, enfin, c'est juste une expression comme ça.

Ces deux épreuves sont *l'écrit* et l'oral. A l'écrit, il y avait quelques difficultés, mais notre ami ne s'en sortit pas trop mal. Par exemple, en géographie :
« *Quel fleuve coule à Paris ?*
   a. L'Amazone
   b. Le Fleuve Jaune
   c. *La Seine* »
Sachant que la source de l'Amazone se situait en Espagne, il écarta d'office la première proposition, fut tenté de répondre le Fleuve Jaune, vu l'aspect des flots sillonnés par les bateaux-mouche, mais il se rappela à temps que le cours d'eau arrosant la capitale portait le nom du département où se trouve la ville qu'il traverse, et comme il était sûr de la non existence d'un département appelé Fleuve Jaune, il répondit la Seine.

Réponse exacte. Ceux d'entre vous qui l'ignoraient n'auront pas tout à fait perdu leur temps aujourd'hui.

« *Dans quel département se situe la ville de Marseille ?*
a. Les Bouches du Rhône
b. La Réunion
c. Le Cantal »

Là aussi, il procéda par déduction. Il ne connaissait le nom d'aucune agglomération de la Réunion, donc comme il connaissait le nom de la ville de Marseille, celle-ci ne pouvait pas se trouver à la Réunion.

Restaient les Bouches du Rhône ou le Cantal. Le Cantal… Il ne le situait pas très bien mais voyait ça du côté de l'Alsace. Marseille, cité portuaire, devait logiquement se situer près de la mer, parce qu'on voit mal l'utilité de construire un port là où aucun bateau ne pourrait accoster.

Donc, réponse C, et c'est mon dernier mot, Jean Pierre. Mais non, réponse C tout court, je ne vois pas ce qu'il m'a pris d'ajouter cette histoire de dernier mot…

« *Quelle est la superficie de la France ?*
a. 19 centimètres cubes
b. 550 000 kilomètres carrés
c. 30 kilogrammes »

Aucune hésitation, il répondit « b ». D'abord parce qu'il avait déjà vu une carte de France, qui est plate, donc absolument pas cubique comme les centimètres de la proposition « a ». Ensuite elle est dessiné sur une feuille de papier à peu près carrée (comme les kilomètres de la proposition « b ») et une feuille de papier ne peut aucun cas peser trente kilos sinon un livre de trois cents pages ferait neuf tonnes et on se demande bien dans ce cas où on pourrait trouver des bibliothèques assez solides pour supporter une encyclopédie en vingt volumes.

Il avait trente minutes pour remettre sa copie.

En dictée, il eut seulement sept fautes, et comme on ne tenait pas compte de celle faite dans son nom. Il obtint un quatorze sur vingt bien mérité.

Voici le texte de cette dictée avec les fautes faites par Adhémar. A vous de le corriger (le texte) ou de les corriger (les fautes).

« *Le lapain à voler une carote dans le chant du payzan* ».

Pour l'histoire, c'était beaucoup plus compliqué. Jugez plutôt :

« *De qui Charlemagne était-il le fils ?*
   a. Pépin le Bref
   b. Charles De Gaulle
   c. *Georges Brassens* »

Jugeant impossible d'avoir une certitude à ce sujet, Monsieur Fluet préféra ne pas répondre et j'approuve totalement son attitude. C'est vrai, ça ! Au temps de Charlemagne, comment aurait-on pu être sûr à cent pour cent d'une filiation, vu le peu de fiabilité des tests ADN à l'époque ?

Ensuite :

« *Napoléon 1er était :*
   a. empereur des français
   b. manchot des français
   c. pingouin des français »

Alors là, franchement, je trouve cette question très malhonnête. C'est vrai, ça, ce n'est pas de l'histoire, c'est de la zoologie.

Adhémar s'en tira de façon très astucieuse, à mon avis. Il écrivit :

« *Napoléon 1er était... à la tête du pays.* »

Et pour finir :

« *Henri IV a dit : Ralliez vous à mon panache :*
   a. bleu
   b. blanc
   c. rouge »

Encore une fois, il est impossible de répondre. Des études récentes ont prouvé qu'Henri IV était non seulement de Navarre, mais également daltonien, il voyait le ciel jaune, le sang vert et la neige mauve. On ne peut donc pas savoir de quelle couleur il voyait le panache blanc auquel il invitait à se rallier.

Monsieur Fluet eut zéro en histoire. Heureusement pour lui, cette note n'étant pas éliminatoire, il put se présenter aux épreuves orales.

Il se trouvait donc maintenant seul dans un bureau devant l'examinateur, et c'est illogique ce que je dis puisque s'il était devant quelqu'un, il y avait au moins deux personnes dans le bureau et il ne pouvait pas y être seul, alors je vais modifier ma phrase.

Il se trouvait donc maintenant dans un bureau où il était absolument seul, si l'on excepte l'examinateur se tenant devant lui et qui le salua courtoisement, politesse que le futur ADCSCB (du moins l'espérait-il et oui, j'ai inventé un sigle signifiant Adjoint de

Deuxième Classe du Sous-Chef de Bureau pour économiser un peu l'encre qui coûte bien cher et je ne perçois pas un salaire d'Adjoint de Deuxième Classe de Sous-Chef de Bureau, moi) et encore une fois je m'emberlificote dans ma phrase parce j'ai perdu le fil, obligé de m'interrompre tout le temps pour vous mettre les points sur les A.

Permettez, je rembobine un petit peu. Ah, voilà :

… politesse que notre futur ADCSCB lui rendit, et le pria de s'asseoir avant de se présenter.

— Je m'appelle Adam Labrosse, et vous ?

— Ah non, pas moi, répondit Adhémar, ce qui était il faut le reconnaître, absolument exact.

Monsieur Labrosse parut surpris.

— Je veux dire… vous avez un nom ?

— Bien sûr, comme tout le monde.

— Très bien. Voulez-vous me le donner, je vous prie ?

La réponse de Monsieur Fluet provoqua un léger sursaut chez son interlocuteur.

— Je préfère pas.

— Pardon ?

— Eh bien oui, vous comprenez, si je vous donne mon nom, tout le monde va croire que vous êtes moi. Imaginez que vous rencontriez une personne de mes relations. Vous croyant moi, elle va vous saluer et vous, trouvant trop familière cette façon d'agir de la part d'une personne inconnue, risquez de ne pas répondre à cette marque élémentaire de politesse. Elle va alors me trouver hautain ou méprisant. Bref, vous comprenez, cela risquerait de nuire grandement à ma réputation.

De plus, si je n'ai plus mon nom puisque je vous l'aurais donné, comment ferais-je pour prendre ma carte orange, retirer de l'argent à ma banque, voter, répondre au courrier que d'ailleurs je n'aurais pas lu puisque c'est vous qui l'auriez reçu à ma place…?

L'examinateur ferma les yeux un instant.

— Voulez-vous me *dire* votre nom, s'il vous plaît ?

— Mais bien entendu, je ne vois aucune raison de vous le cacher. Je m'appelle Fluet. Adhémar Léonce Gédéon Fluet.

— D'accord. Et vous êtes né… ?

Le saugrenu de la question l'étonna passablement, aussi eut-il une légère hésitation avant de répondre.

— Oui, bien sûr, je suis né. Sinon je ne vivrais pas et je ne me trouverais pas devant vous aujourd'hui.

Monsieur Labrosse s'épongea le front. Pourtant il ne faisait pas spécialement chaud dans le bureau.

— Je voulais dire : Vous êtes né… quel jour ?

— Un jeudi. Remarquez, moi je ne m'en souviens pas, mais mes parents me l'ont toujours affirmé et je n'ai aucune raison de mettre leur parole en doute.

L'examinateur manipulait nerveusement un crayon de papier. Il reprit lentement, en détachant bien les mots.

— Pouvez vous m'informer de la date figurant sur le calendrier le jour où vous êtes né ?

Monsieur Fluet eut un léger sourire.

— Je vois, c'est un test de logique. Quel que soit

le jour où on regarde un calendrier, toutes les dates de l'année y figurent. J'ai bien répondu ?

Le crayon de papier manipulé brusquement par Monsieur Labrosse se brisa nerveusement, et c'est l'inverse mais il ne s'en rendit même pas compte. Il prit une profonde inspiration et vu qu'un crayon -de papier en plus- n'est pas, à ma connaissance, muni d'un appareil respiratoire, vous ne pouvez pas hésiter sur celui des deux qui prit une profonde inspiration.

Frappé par une idée soudaine, il essaya d'aborder le problème de façon indirecte.

— A quelle date votre mère a-t-elle accouché ?

— C'est simple, c'était le jour de ma naissance.

L'examinateur, poings serrés, mâchoires crispées, yeux exorbités, commençait à prendre une très jolie teinte rouge brique lorsque l'examinaté… Ah non, tiens, voilà encore une bizarrerie vocabulairesque.

C'est vrai, ça, pourquoi dit-on examinateur et pas examinaté ? Ou examiné et non pas examineur ? Et pourquoi utilise-t-on un compresseur pour obtenir de l'air comprimé et pas un comprimeur pour produire de l'air compressé ? Et pourquoi je vous parle de compresseur et d'air comprimé, ce qui nous éloigne grandement de notre propos auquel vous me permettrez de revenir au galop comme le naturel quand il vous vient l'idée saugrenue de le chasser.

Vous êtes prêts à regrimper en marche ? Alors, prenez votre élan et ne ratez pas le marchepied. Go !

… commençait à prendre une très jolie teinte rouge

brique lorsque l'examiné ajouta :

— C'était le 32 mars 1965.

Le soulagement de Monsieur Labrosse fit plaisir à voir, mais ne dura pas plus de quelques secondes, après quoi il sursauta violemment.

— Comment ça, le TRENTE DEUX mars... ?

Monsieur Fluet lui laissa le temps de desserrer sa cravate et de déboutonner son col avant d'expliquer.

— Oui, je sais, je devrais dire le lendemain du 31 mars, mais ça me paraît trop compliqué.

L'examinateur se mordit l'extrémité des phalanges de la main gauche, avant de crier un peu trop fort :

— Eh bien, il suffit de dire tout simplement le 1er avril. Pourquoi chercher les complications ?

— Vous trouvez que ça fait sérieux, vous, d'être né un 1er avril ? Vous croyez que c'est agréable de voir les gens sourire quand vous leur dites votre date de naissance ? De les entendre vous demander si c'est une blague que vous avez fait à votre mère, ou si vous aimez le poisson ?

— Euh... Oui, bon, résumons. Vous vous appelez Fluet Adhémar et vous êtes né le 1er avril 1965. Ce sont les renseignements dont j'ai besoin pour savoir à qui je fais passer l'oral du concours, voilà tout. Je vais donc pouvoir maintenant commencer à vous interroger.

Il fouilla dans une pile de dossiers et en sortit celui marqué FLUET Adhémar. Après avoir consulté deux ou trois feuillets, il demanda :

— Tout d'abord, j'aimerais éclaircir certains points

avec vous. Par exemple, à la question « *Connaissez-vous l'anglais ?* » vous avez répondu: « *De vue seulement.* » Qu'est ce que ça signifie exactement ?

— Eh bien, il s'agit, je suppose, du jeune homme envoyé en stage chez nous par l'Administration britanique pour comparer nos façons de travailler ? Il est ici depuis à peine un mois et j'ai dû le croiser trois fois, pas plus. Avouez, on ne peut pas appeler ça connaître quelqu'un.

Monsieur Labrosse poussa un gros soupir et hocha la tête.

— Je commençais à m'en douter, vous n'avez pas vraiment compris la question...
Le mot *anglais* ne désignait pas un habitant de la Grande Bretagne, un sujet de Sa Gracieuse Majesté, un ressortissant de la Perfide Albion, une personne physique, mais bien le langage dans lequel s'exprime cet individu. Autrement dit, parlez-vous, lisez-vous, écrivez-vous la langue anglaise ?

Adhémar eut une moue dubitative.

— A vrai dire, je ne sais pas.

— Co… comment, vous... vous ne savez pas ?

— Eh bien non, je n'ai jamais essayé.

L'examinateur eut une sorte de hoquet, resta un instant la bouche ouverte, la referma, puis se frotta les yeux en marmonnant entre ses dents :

— Oublions, oublions, c'est préférable…
Puis de façon plus intelligible :

— Venons-en au calcul. Deux de vos réponses sont plutôt surprenantes. On vous demande combien font dix moins trois et vous répondez -je lis- *sept ou zéro.* Depuis quand pourrait-on obtenir zéro en ôtant trois de dix ?

— Depuis quand, je ne pourrais pas le dire, moi je le sais depuis l'automne 1976, quand mon père m'a emmené pour la première fois avec lui à la chasse. D'ailleurs, huit moins un ou neuf moins deux, ça donne le même résultat.

Adhémar ne comprit pas pourquoi l'examinateur restait soudain immobile, le visage caché dans ses deux mains réunies en coupe. Il crut entendre :

— Mais qu'est ce qu'il me fait encore, là ?

Il n'eut pas le temps d'approfondir cette curieuse réflexion que l'autre se mettait presque à crier :

— Puis-je espérer un début d'explication ?

— Eh bien voilà, tout dépend de quoi on parle. Je vais prendre comme exemple deux petits problèmes. Tout d'abord : « *Ce matin, j'avais dix bonbons roses enveloppés dans du papier transparent. J'en ai mangé trois au cours de la journée, combien m'en reste-t-il* ? Réponse : sept. D'accord ?

— C'est évident ! Mais... pourquoi des bonbons « *roses* » et pourquoi « *enveloppés dans du papier transparent* » ?

— Parce que ce sont mes préférés tout simplement Vous auriez voulu une autre couleur, peut-être, ou du papier argenté ?

L'examinateur soupira.

— Absolument pas, mais ces précisions sont tout-à-fait superflues, vous n'avez vraiment pas besoin de les mentionner. Alors, second problème ?

— Voilà : « *Dix moineaux sont posés sur des fils électriques...* »

Monsieur Fluet s'interrompit.

— Je dis des moineaux, mais si vous aimez mieux, on peut prendre des hirondelles ou des merles, hein ?

Labrosse poussa une sorte de rugissement.

— Prenez des cormorans à aigrette, des flamants roses, des colibris, des grands tétras, des condors des Andes, des ortolans, des fous de bassan, des albatros ou des autruches si vous voulez, on s'en fiche, ça n'a aucune importance !

— Ah, permettez ! Il faut tout de même prendre un exemple crédible, il ne peut pas y avoir d'autruches sur des fils électriques, voyons, ces oiseaux inaptes au vol sont bien incapables de quitter le sol. De plus ils pèsent, du moins les mâles, jusqu'à cent cinquante kilos, aucun fil électrique ne supporterait un poids pareil sans se rompre. Et puis...

Labrosse lui coupa fort impoliment la parole.

— D'accord, d'accord, dit-il précipitamment, des moineaux c'est parfait pour votre explication. Poursuivez, je vous prie.

— Bien, je disais donc: *dix moineaux sont posées sur des fils électriques, un chasseur en tue trois d'un coup de fusil...* »

Hein...? Bien sûr, trois moineaux...! Vous avez déjà vu tuer des fils électriques, vous ? J'vous jure, y en a pour qui ça s'arrange vraiment pas !

Oublions cette sotte interruption et revenons à la

brillante démonstration de Monsieur Fluet.
«...combien reste-t-il d'oiseaux sur les fils ? » Et là, la réponse est zéro.
Vous pouvez faire l'expérience quand vous voulez, vous verrez, il n'y aura plus aucun oiseau sur les fils électriques. Les trois que vous aurez tués seront tombés au sol et les autres se seront immédiatement envolés.

Monsieur Labrosse émit un bruit ressemblant fort à un petit sanglot

— Admettons, admettons… Venons en maintenant à la deuxième question de calcul, il est vrai un peu plus difficile.

« Dans un immeuble de quatre étages, il y a quatre appartements par étage. Sachant :

a) que les occupants du premier et du quatrième étage, ainsi que la moitié des occupants des second et troisième étages, n'ont pas d'enfants

b) que le reste des occupants du second et du troisième étage ont chacun deux enfants

1) En moyenne, combien y a-t-il d'enfants dans chaque appartement ?

2) Combien y a-t-il d'enfants en tout dans l'immeuble ?

Voilà les résultats que vous avez trouvés :

1) il y a en moyenne 0,5 enfant par appartement.

Réponse exacte. En revanche :

2) en tout , il n'y a aucun enfant dans l'immeuble.

Il se pencha vers Adhémar, et martela :

— On peut savoir pourquoi 0,5 multiplié par seize

ça fait encore zéro pour vous comme dix moineaux en 1975 à la chasse moins trois sur un fil avec votre père ?

On notera que Monsieur Labrosse, on ne sait pour quelle raison, s'embrouillait un peu dans sa demande d'explication. Vous avez remarqué ? Il situe cet événement en 1975 alors que la scène à laquelle il fait allusion s'est déroulée en 1976.

Au lieu de répondre directement, Monsieur Fluet posa à son tour une question

— 0,5, c'est bien ½ ?

— Bien entendu.

— Alors ½ enfant, c'est quelqu'un avec seulement un œil, un bras et une jambe, une moitié de cerveau et de système digestif, un morceau de cœur, un seul poumon, et soit pas de foie, soit pas de pancréas. N'importe quel médecin vous le confirmera, un être aussi lourdement handicapé n'est pas viable.

Il est donc certain que pas un seul de ces ½ enfants n'a survécu. Par conséquent, il y a zéro enfant dans cet immeuble.

L'examinateur se leva lentement en s'appuyant sur le bord du bureau, vacilla légèrement tel un boxeur qui vient de donner un grand coup de mâchoire dans le poing de son adversaire, et se mit à arpenter la pièce d'une démarche de robot détraqué.

Il sembla ensuite prendre une brusque décision. Il revint s'asseoir, tamponna rageusement le dossier de Monsieur Fluet à l'aide d'un cachet imprimant « *Admis à l'épreuve orale* » et apposa sa signature d'une main un peu fébrile en grommelant des mots assez peu distincts.

Les quelques bribes de phrases saisies (*en finir au plus vite...dépasse les limites du supportable... vais devenir fou... plus jamais me trouver en face de lui... survivrais pas...*) ne permirent pas à Adhémar de saisir le fond de la pensée de Monsieur Labrosse.

Néanmoins, il comprit qu'il venait d'obtenir sa promotion, et tint à remercier celui à qui il la devait en partie.

— Monsieur Labrosse, ce fut un plaisir d'avoir affaire à quelqu'un d'aussi sympathique que vous, si, si, vraiment. Et les conditions dans lesquelles se sont déroulées ces épreuves me décident à préparer dès à présent le concours d'Adjoint de Première Classe de Sous-Chef de Bureau.

Il se leva et tendit la main à son vis-à-vis, soudain curieusement pétrifié, en ajoutant :

— Ce qui nous vaudra à tous deux le plaisir de nous revoir bientôt.

Monsieur Fluet ne devait jamais comprendre pourquoi le si sympathique examinateur s'était brusquement rué hors de la pièce en poussant un râle d'agonie...

MONSIEUR FLUET

ET LE QUIDAM

MONSIEUR FLUET
ET LE QUIDAM

Monsieur Fluet avait décidé, pour ses vacances, de passer une quinzaine de jours dans le Midi. Il se trouvait déjà dans le Onze heures Cinq (il lui restait une petite heure de route) quand il décida de faire une halte, suivant ainsi le conseil de l'Appréhension Routière qui préconise aux conducteurs de s'arrêter toutes les deux heures pour se dégourdir les jambes, sinon on devient dangereux au volant, et Bison Frustré a sans doute raison parce que j'ai un voisin qui ne l'a pas fait et vlan ! Cent vingt-deux minutes après le départ, il a eu un accident.

Quoique... l'accident en question était dû au non-respect d'un panneau Stop par un automobiliste ivre myope comme une taupe qui allumait une cigarette (l'automobiliste, pas la taupe, ces animaux fument rarement à ce que je me suis laissé dire, et en tout cas jamais en conduisant) avec son briquet et sa main gauche vu que sa main droite était occupée à tenir son téléphone portable grâce auquel il était en conversation avec sa femme pour lui expliquer qu'il avait oublié ses lunettes, et je me demande si mon exemple est bien choisi parce qu'en réfléchissant bien, mon voisin n'avait peut être pas la plus grande part de responsabilité dans ce fait divers dramatique.

Automobilistes qui me lisez (pas en conduisant,

quand même) vous n'êtes pas obligés de vous arrêter toutes les deux heures.

Oui mais, oui mais, oui mais… S'il s'était arrêté au bout de deux heures de conduite, c'est-à-dire deux minutes avant que l'accident ne se produise, il ne se serait pas trouvé à ce carrefour au moment où un conducteur ivre comme une taupe grillait le stop avec son téléphone, alors l'accident est bel et bien entièrement de sa faute.

Automobilistes lecteurs de cette prose (pas en même temps, bien sûr) arrêtez vous impérativement toutes les deux heures.

Je disais donc que notre ami Adhémar s'était arrêté pour ne pas risquer de se trouver deux minutes plus tard à un téléphone où un panneau Stop myope comme un carrefour grillerait une taupe ivre, mais là je suis prêt à parier un euro contre six francs cinquante sept que je me suis légèrement emmêlé les pinceaux dans la description de l'éventuel accident qui le guettait comme le faisait le loup au coin du bois pour le petit chaperon rouge, auquel cas vous avez le droit –que dis-je le droit, le devoir- de mettre de l'ordre dans ce descriptif de la situation.

C'est fait ? OK, reprenons :

Il s'agissait de Monsieur Fluet qui déambulait dans un joli petit parc arborescent se presser et ça ne veut rien dire du tout alors ça ne doit pas être ça. J'y suis, c'est une simple similitude phonétique trompeuse.

… dans un joli petit parc arboré, virgule, sans se presser, point, lorsqu'il fut abordé et non, pas point après *sans se presser* mais plutôt virgule et ça y est, je suis complètement perdu dans ma phrase et il me faut la recommencer depuis le début.

Reprenons ce récit au moment où l'ami Adhémar déambule dans un joli petit parc arboré, sans se presser, lorsqu'il est abordé par un quihomme, et je vois une douzaine de doigts se lever, qu'est ce que vous allez encore m'objecter ?

Quidame ? Absolument pas, je sais ce que je dis, j'y étais, il ne s'agissait pas d'une individuse mais d'un individu. Hein ? Sans œufs...?

Évidemment, pourquoi diable ce monsieur aurait-il eu des œufs ? Non mais, franchement, vous avez de ces idées ! Comment ça, pas le monsieur sans œufs, mais le quidame ? J'y comprends rien du tout, moi. D'abord, ce n'est pas LE mais LA quidame, voyons, vous dites UN dame, vous ?

Attendez... Arrêtez un instant de brouhahater, je vais chercher mon dictionnaire.

Alors... Quiétude, quignon, quille, quilleur... Tiens, c'est très curieux ils ont oublié le mot que je cherche. Regardons à quidame alors, à tout hasard. Ah ben ça, vous n'allez pas me croire, je trouve quidam sans *e*. Et c'est masculin en plus : « *Homme dont on ignore ou dont on tait le nom* ».

Ben, mon vieux, c'est bigrement compliqué, la langue française.

Bref, Monsieur Fluet fut abordé par un homme dont il ignorait le nom (d'où sa quidamerie, pas à Monsieur Fluet, à l'homme) parce que s'il avait su son nom, Adhémar n'aurait eu aucune raison de vous le taire, mais comment aurait-il pu connaître l'état civil d'un inconnu, je vous demande un peu.

Ce monsieur le salua en soulevant fort poliment son chapeau.

— Excusez moi, puis je vous poser une question ?

— Mais bien entendu. D'ailleurs, c'est déjà fait.

Son interlocuteur parut surpris.

— Vous dites ?

— Je dis que vous m'avez demandé si vous pouviez me poser une question, c'est une question, et vous me l'avez posée.

— Oui, c'est vrai, mais ce n'est pas la question que je voulais vous poser.

— Dans ce cas, pourquoi me poser une question autre que celle que vous voulez me poser ?

— Eh bien, pour savoir si je peux vous poser une autre question.

— C'est fait aussi.

Son interlocuteur semblait quelque peu dérouté par la tournure prise par la conversation. Monsieur Fluet expliqua :

— Quand je vous ai répondu que vous pouviez me poser une question et que c'était déjà fait, vous avez rétorqué « *Vous dites ?* » sur le mode interrogatif. Il s'agissait donc d'une autre question.

L'inconnu admit.

— Certes. Eh bien, en ce cas, puis je vous poser une troisième question ?

— Une quatrième, voulez vous dire, la troisième

est constituée par votre dernière phrase.

Le quidam sans *« e »* changea de tactique. Cessant de questionner, il affirma :

— Je vais vous poser une question.

— Dites donc, vous êtes le roi des questionneurs, vous.

Sans se préoccuper de l'abjection…

Un instant, quelqu'un m'interpelle dans une langue étrangère. Oui, you are comming from quel pays ? Montparnasse… Comme le quartier parisien ? Ah, c'est le quartier parisien...! Alors pourquoi vous y en a pas parler français ? C'est du français ! Palablob, c'est du français… Si quelqu'un pouvait me traduire quand même…?

Pas *l'ab, l'ob…jection*. Oh, vous pinaillez, là. Je disais donc que sans se préoccuper de l'objection, le quidam demanda :

— Êtes vous psychiatre ?

Monsieur Fluet en resta bouche bée pendant deux ou trois secondes.

— Absolument pas. Qu'est ce qui peut vous faire penser ça, Monsieur Glückenbowitch ?

Ce fut au tour de l'autre de bouche béer un court laps de temps.

— Mais je ne m'appelle pas Glückenbowitch…

— Comment pourrai-je le savoir ? Vous ne m'avez pas dit votre nom.

— C'est juste.

Adhémar lui tendit sa main ouverte, que le quidam serra machinalement.

— Enchanté, Monsieur Juste. Moi, c'est Adhémar Léonce Gédéon Fluet.

Le questionneur parut décontenancé.

— Il doit y avoir comme un malentendu. Je ne suis pas Monsieur Juste.

— Dans ce cas, pourquoi me mentir en me disant c'est *Juste* quand je m'enquiers de votre patronyme ?

— Vous m'avez mal compris, je voulais dire *c'est juste* -dans le sens *c'est exact*- je ne vous ai pas dit mon nom. Aussi, permettez moi de réparer cette omission sur le champ.

Monsieur Fluet l'interrompit.

— Il est inutile de se rendre sur une étendue de terre propre à la culture pour réparer cette omission, vous pouvez le faire dans ce parc.

— C'est vrai. Je m'appelle Pierre Lassou.

— Très bien. Et maintenant que nous savons tous deux à quoi nous en tenir sur nos états civils respectifs, puis-je être informé des raisons ayant pu vous faire croire que j'étais psychiatre ?

— Oh, je ne le croyais pas. Au contraire, j'espérais que vous ne le fussiez point, et vous me comblâtes en concrétisant ce souhait. Quelle profession exercez vous, si je ne suis pas indiscret ?

— Si vous n'êtes pas indiscret, je suis fonctionnaire, et si vous l'êtes, je le suis également. Pour tout vous dire, je travaille au Ministère des Décorations pour les Agents du Trésor du Quart Nord-Est du Troisième Arrondissement de Paris.

Le quimonsieur (non, pour moi, un homme ne peut

vraiment pas être un quelque-chose-*dam* même sans « *e* ») s'exclama :

— Pas possible ! Le MiDéPATréQuaNETAP.

— Vous connaissez ? s'étonna Monsieur Fluet.

— Presque. La belle-sœur de mon cousin Agenor a pour voisine de palier un médecin généraliste qui emploie deux heures par jour comme femme de ménage une dame dont la fille aînée est mariée à un boulanger dont le frère travaille au MiDéPATréQua-SOSAP.

— Ça alors ! Le Ministère des Décorations Pour Les Agents du Trésor du Quart Sud-Ouest du Seizième Arrondissement de Paris ?

— Non, du Septième.

Monsieur Fluet hocha la tête.

— C'est vrai, il est assez difficile de différencier le Sixième, le Septième et le Seizième Arrondissement, les Ministères de ceux-ci portant obligatoirement des sigles identiques.

Au Troisième Arrondissement, nous avons le même problème avec le Treizième, ainsi qu'au Quatrième avec le Quatorzième et le Quinzième. Alors, vous imaginez pour les Deuxième, Dixième, Douzième, Dix-Septième, Dix-Huitième et Dix-Neuvième.

Si encore il y avait un seul quart par Arrondissement, mais non. Devinez un peu combien il y en a. Pas moins de quatre !

Une vrai galère, mon pauvre monsieur. Au point que les syndicats envisagent une action pour remplacer les numéros de ces Arrondissements par des noms de

fleurs. Il y aurait par exemple celui des Bleuets ou celui des Dahlias...
Ainsi, au lieu du *Troisième Arrondissement de Paris,* nous aurions, disons, l'*Arrondissement des Roses,* dont le sigle actuel, MiDéPATréQuaNETAP, deviendrait MiDéPATréQuaNEAR. Ainsi, plus de risque de confusion avec le Treizième qui deviendrait celui des Marguerites, du Muguet ou des Myosotis, c'est-à-dire le MiDéPATréQuaNEAM.
Qu'en pensez vous ? On trouvera bien vingt fleurs portant chacune un nom commençant par des lettres différentes, non ?

L'homme à la recherche d'un non-psychiatre fut visiblement enthousiasmé par ce qui représentait une indéniable simplification des rapports entre le peuple et l'Administration.

— Mais pourquoi n'y a-t-on pas pensé plus tôt ? Remplacer une froide différenciation numérique par des appellations poétiques, c'est génial !

— Je ne vous le fais pas dire.

— Si, mais je le dis quand même. Et puis, si on ne trouve pas une vingtaine de fleurs portant des noms commençant par des lettres différentes, on peut très bien envisager autre chose pour la dénomination des arrondissements. Je ne sais pas, moi, des noms de morceaux de viande bovine…?

— Vous voulez dire l'arrondissement de l'Aloyau, de la Bavette, du Collier…?

— Par exemple.

Monsieur Fluet adopta immédiatement l'idée.

— Vous avez raison, ce serait même plus original que les inévitables géraniums…

Là, je dois ouvrir une parenthèse. Je sais, il aurait dû dire gérania parce que les mots en « *ium* » au singulier seraient dérivés du latin et feraient leur pluriel en « *ia* » (un médium, des média). Mais je ne suis jamais allé voir une férium, moi, et je n'ai pas suffisamment de place dans mon salon pour y mettre plusieurs aquaria.

C'est comme les noms en « *i* » au pluriel, dérivés de l'italien. Au singulier, ils devraient se terminer en « *o* ». Un raviolo, des ravioli, un scénario, des scénarii. Alors, un lavabo, des lavabi…?
Et puis, je ne vous empêche pas, moi, de mettre plein de coulo de tomati sur un seul spaghetto, si ça vous chante, alors laissez moi faire dire des *géraniums* même au pluriel à Monsieur Fluet, na !

Mais je vois que l'intéressé attend avec impatience de me voir refermer ma parenthèse pour terminer sa phrase, aussi ne le ferai je point languir plus longtemps. Fin de l'arrêt sur image, top, Adhémar, c'est à toi.

— …les inévitables géraniums ou tulipes dont de très nombreuses rues, parcs ou lotissements sont affublés. Mon cher ami, je vais soumettre dès que possible votre suggestion au SPMDPAT.

— Vous m'en voyez ravi, et je le serai sans doute encore plus lorsque vous m'aurez expliqué ce qu'est exactement un « *espéhème* » et principalement celui des pets hâtés.

— C'est le Syndicat du Personnel des Ministères des Décorations Pour les Agents du Trésor. Pour simplifier, on le désigne par un sigle formé à partir de ses initiales

Celui dont le nom serait probablement associé à l'une des plus importantes réformes administratives du siècle s'aperçut soudain qu'ils s'étaient éloignés de ce qui avait motivé chez lui l'audace d'aborder un passant anonyme avec le secret espoir d'avoir affaire à quelqu'un ayant choisi une orientation professionnelle sans rapport avec la psychiatrie, et j'espère que vous l'aurez remarqué, la longueur de cette phrase ne nuit en rien à son cadencement harmonieux et à sa parfaite compréhension, choses grâce auxquelles on peut mesurer le talent d'un auteur, et merci de le constater spontanément, même en étant modeste, ça fait plaisir.

— Mon cher Adhémar… Vous permettez que je vous appelle Adhémar ?

— Ma foi, c'est préférable à Jules ou Eusébio, car en ce cas, il me serait difficile de comprendre que c'est à moi que vous vous adressez.

— Alors, mon cher Adhémar, voilà pourquoi je me suis permis de vous accoster, de façon un peu cavalière, je le reconnais. Mais j'aperçois un estaminet dont la terrasse opportunément ombragée semble nous tendre les chaises. Ne pourrions nous pas en discuter devant un verre ?

Monsieur Fluet fit la moue.

— Je ne pense pas que ce soit une bonne idée.

— Ah ? Vous n'avez pas soif ?

— Si, mais là n'est pas le problème. Essayez de visualiser la scène : Vous et moi nous nous trouvons *devant* un verre, donc ce verre, lui, est derrière nous.

Cette constatation, relevant de la simple logique, sembla ouvrir la porte de la réflexion à l'accosteur aux manières un peu cavalières.

— C'est pourtant vrai, fronça-t-il le sourcil.

— Nous devrions alors nous tourner le dos, ce qui, d'une part, manquerait de convivialité, mais de plus, rendrait toute conversation plutôt malaisée, vous ne trouvez pas ? Et puis, UN verre pour deux ? Nous risquons de passer pour de sacrés avares aux yeux du barman.

Lassou était comme Ciuss. Ben oui quoi, confus. Bon d'accord, y a mieux comme blague, mais j'ai le droit d'avoir un petit passage à vide, non ?

— Vous avez raison. Soyez gentil d'oublier ma proposition, elle était totalement stupide.

Adhémar protesta.

— Mais non, pas tant que ça, l'idée mérite d'être creusée. Vous avez soif, moi également. A deux pas d'ici se situe un établissement offrant l'opportunité de déguster des boissons désaltérantes, à la terrasse ombragée duquel nous pouvons nous installer.

Nous nous asseyons à une table, en vis-à-vis, et nous commandons chacun une consommation que nous posons devant nous. Ainsi, le garçon ne nous prend pas pour des radins, nous nous trouvons face à face, et notre discussion peut se dérouler dans les condi-

tions les plus satisfaisantes.
En fait, c'est une simple amélioration de votre suggestion initiale. Au lieu de discuter devant un verre, nous discutons derrière deux.
Alors, qu'en pensez vous ?

De l'une de ses poches, l'interlocuteur de Monsieur Fluet sortit un carnet et un crayon, l'un lui servant à écrire sur une page de l'autre, et oui j'aurais peut-être dû mentionner le crayon avant le calepin, mais franchement, vous poussez un peu, là ! Qui pourrait comprendre qu'on puisse écrire avec un calepin sur une page de crayon… ? Je sais, certains parmi vous n'ont pas inventé le fil à couper l'eau chaude, mais tout de même…

Bref, après avoir écrit (avec le crayon) quelques mots (ensembles de syllabes elles même formées de lettres) il (l'interlocuteur) déchira celle-ci (la page) avant de la lui tendre (à Monsieur Fluet).

Ai-je été suffisamment clair pour ceux qui rigolent au réveillon du Nouvel An des blagues qu'on leur a racontées à celui de Noël ? Et même pour ceux qui rigolent à Noël des blagues qu'ils ont entendues au Nouvel An ? Si, si, y en a pour qui cinquante et une semaines de réflexion, c'est pas trop.

Bon, poursuivons !

Adhémar lut ce mot, le relut, le rerelut, le rererelut, et j'arrête parce que même s'il l'eut lu (tiens au fait, Lucien, comment vas-tu ? Il y a bien longtemps que tu ne m'as pas donné de tes nouvelles, faudra passer à la maison un de ces jours).

Ah, ce Lucien, il est vraiment impayable. Que je vous raconte : on s'est connu à l'armée, c'est un blagueur comme vous ne pouvez pas imaginer. Figurez-vous qu'une semaine avant la quille...

Hé mais dites donc, vous avez un fameux culot, vous ! Ça vous regarde, les bêtises que j'ai faites au régiment ? Vous êtes là, mine de rien, à essayer de me tirer les vers du nez... Vous pourriez avoir un minimum de respect pour la vie privée des gens, quand même !

...même s'il l'eut lu, disais-je, quinze fois, il n'y aurait toujours rien compris et je risquerais fort de m'embrouiller dans les trente et une lettre que comporterait le verbe rerererere…lire.

« — *Vabre innupicolle omolgse du piallime mi lisse sous voux. Foisans cimune vons duter.* »

— Euh, vous avez sans doute entièrement raison, mais vous serait-il possible malgré tout de préciser votre pensée ?

L'autre parut se reprendre.

— Excusez moi, j'oubliais que j'ai une si vilaine écriture que je suis le seul à pouvoir me relire, et encore pas tout le temps. Si je vous disais qu'un jour, j'avais noté, pour être sûr d'y penser, « *rendre un livre à la bibliothèque* », et pendant plusieurs heures, je me suis demandé ce que pouvait bien être cette « *bilbachique* » où je devais aller « *rôder un lièvre* ».

Je voulais dire : « *Votre impeccable analyse du problème me laisse sans voix* » mais, me trouvant ainsi dans l'incapacité de l'exprimer oralement, je me suis vu contraint de l'écrire, et je concluais : « *Faisons comme vous dites* ».

Suite à quoi, comme vous commenciez à vous en douter, nous retrouvons nos deux compères se désaltérant dans le courant d'une onde pure… Pas du tout, pas du tout, c'est encore mon côté poète génial qui se laisse influencer au plein gré de mon insu par une célèbre fable. Effectivement :
« *Si l'un était un loup, l'autre un agneau bêlant,*
Ils se seraient trouvés au bord de la fontaine (1621 – 1695 et zut ça rime plus).
Mais la fin du récit serait fort incertaine,
Et n'aurait rien alors de bien désopilant ».

Nous les retrouvons, disais-je, se désaltérant, l'un (Adhémar) d'un demi de bière -qui, comme son nom ne l'indique pas forcément, a une contenance d'un quart de litre- l'autre (qui n'est plus un quidam puisque maintenant son nom est connu de tous) d'un diabolo (bière aussi).

Comment ça, un diabolo bière ça n'existe pas ! De la grenadine avec de la limonade, ce n'est pas un diabolo grenadine, peut-être ? De la menthe avec de la limonade, ce n'est pas un diabolo menthe ? Alors de la bière avec de la limonade, c'est un diabolo bière, et basta. Non mais… !

Attendez, j'entends quelqu'un parler de... panne hachée ? Houlà, c'est grave à ce stade ! S'il confond une prestation de charcutier avec celle d'un barman, ce monsieur va sans doute commander son prochain gâteau d'anniversaire dans un magasin de bricolage. A mon avis, il est mûr pour le cabanon... Bon, on va oublier, et continuer.

Monsieur Quidam et l'ancien fluet…Un instant, je vous prie, vos interruptions stupides m'embrouillent complètement, laissez moi une minute pour remettre de l'ordre dans mes idées. Voilà :

Monsieur Fluet et l'ancien quidam sont installés à une table de bistrot, l'un en face de l'autre, chacun ayant sa consommation posée devant lui. Vous vous représentez bien la scène ? OK.

C'est Adhémar qui parle.

— Ma serpillière… Excusez-moi, je voulais dire mon cher Pierre, si vous me disiez maintenant en quoi cela vous ravit-il que je ne sois pas psychiatre.

— Parce que je ne suis pas vraiment convaincu qu'un psychiatre puisse quelque chose pour moi.

— Ah ! Possédez vous un hélicoptère ?

La surprise fit écarquiller les yeux à Lassou.

— Un hélicoptère…? Mais absolument pas, quelle drôle d'idée.

— Donc un mécanicien spécialisé dans l'entretien des moteurs d'hélicoptères ne vous serait d'aucune utilité.

La nouvelle relation d'Adhémar confirma.

— Évidemment, puisque je n'ai jamais eu, que je n'ai pas, et que je n'aurai jamais d'hélicoptère.

— Autre chose, avez-vous une jambe artificielle ?

Sans attendre la réponse, Monsieur Fluet continua :

— Je constate que non. Autrement dit, un fabricant

de prothèses ne pourrait rien non plus pour vous.

— C'est certain, mais je ne vois pas…

— Moi non plus, je ne vois pas du tout pourquoi vous m'avez demandé si j'étais psychiatre, c'est-à-dire quelqu'un qui ne peut rien pour vous, plutôt que mécanicien spécialisé dans les moteurs d'hélicoptère ou fabricant de prothèses, auxquels cas je vous serais tout aussi inutile, professionnellement parlant.

Son interlocuteur poussa un soupir.

— C'est vrai, n'étant pas en possession de tous les éléments du problème, il vous est difficile de le comprendre. Voilà, Mon médecin traitant ne m'a bien sûr jamais conseillé, vous vous en doutez, de consulter un mécanicien et pas plus un fabricant de jambes artificielles. Mais un psychiatre, si, il me l'a proposé. Or, je m'y refuse formellement. Je ne supporterais pas de sentir quelqu'un sur mes talons à chacun de mes déplacements.

— Comment ça, sentir quelqu'un sur vos talons ?

— Eh bien oui. Mon toubib m'a dit : « *Il faudrait vous faire suivre par un psychiatre* ». Il doit bien être derrière moi pour me suivre, non ?

Monsieur Fluet commençait à entrevoir la source du malentendu.

— Les choses ne se passent pas tout à fait de cette façon. Voyons, comment vous expliquer ? Il ne vous suivrait pas physiquement.

— Encore mieux ! Alors, je serais escorté par un fantôme…!

— Mais absolument pas ! Voilà, vous vous trouvez

devant le psychiatre.

— Je m'en doute, puisqu'il me suit.

Adhémar eu un geste d'agacement.

— Laissez moi finir. Lui aussi est devant vous.

— Ah... Il me suit, et il est devant moi ! Je devrais me déplacer à reculons alors ? Je vois le tableau, on n'aurait pas fini de se faire remarquer, tous les deux.

Monsieur Fluet s'efforça au calme.

— Pierre, les psychiatres ne marchent pas derrière leurs patients, c'est sur le plan psychologique qu'ils les suivent et pour cela, ils les reçoivent dans leurs cabinets.

— Dans des toilettes ? C'est horriblement exigu, et puis franchement, vous serez d'accord avec moi, je pense, pour trouver cette pratique très inconvenante.

— Je parlais de leurs cabinets professionnels.

— Destinés à une clientèle ou réservés à un usage personnel, des WC restent des WC et cette façon de travailler est choquante. Et puis, ce n'est pas la peine d'en discuter plus longuement, tout ce que vous me dites conforte mon idée de ne jamais vouloir avoir affaire à ce genre d'individu.

D'abord, ça fait quoi, un psychiatre, hein ? Ça vous demande de parler et ça vous écoute. N'importe qui, à moins d'être sourd et muet, est capable d'en faire autant. C'est pourquoi j'ai décidé de me confier plutôt à un simple quidam, lequel, de surcroît, ne me présentera pas une note d'honoraires pharamineuse.

Monsieur Fluet hocha la tête.

— Je comprends, mais je crains de ne pas faire

l'affaire.

Pierre Lassou manifesta une vive inquiétude.

— Adhémar, vous n'allez pas refuser de m'aider ?

— Je ne refuse pas, mais vous voulez vous confier à un simple quidam, n'est-ce pas ?

— C'est bien ce que j'ai dit. Et alors ?

— J'ose à peine vous l'avouer, je ne suis pas un quidam, je ne l'ai même jamais été.

La surprise fit place à la stupéfaction sur le visage de son interlocuteur.

— Est-ce possible ?

— Mais oui. Tout le monde le sait (certains depuis peu de temps, d'ailleurs) un quidam, c'est un homme dont on ignore ou dont on tait le nom. Or, moi j'ai toujours su comment je m'appelais et je n'en ai jamais fait mystère. Alors vous voyez, je ne réponds absolument pas à cette définition.

L'autre réfléchit un instant, avant de dire avec une voix de petit Chaperon Rouge :

— Bonjour Adhémar-grand, comme vous avez de grandes oreilles…

Celui à qui s'adressait cette surprenante affirmation répondit machinalement, d'une voix de Grand Loup :

— C'est pour mieux t'entendre, mon enfant.

— Ah, vous voyez ! triompha Pierre, dont la ruse avait réussi au-delà de toute espérance, et non, en fait, pas au-delà de toute espérance puisqu'il n'avait pas eu d'autre espérance que de voir réussir sa ruse, alors il n'y a pas besoin de rajouter quelque chose après « *avait réussi* » sinon un point, et il convient de rayer « *au-delà de toute espérance* », merci.

— Ah ! redit-il parce que mon explication au sujet de l'inutilité manifeste de préciser « *au-delà de toute espérance* » risque de vous avoir fait oublier qu'il avait prononcé ce mot. Vous voyez bien que même sans avoir jamais quidamé de votre vie, vous êtes capable de m'écouter.

Son compagnon fut contraint de l'admettre.

— C'est ma foi vrai. Alors, dites moi exactement quel est votre problème.

Monsieur Lassou se pencha vers lui pour dire sur un ton de confidence :

— J'ai bien peur de ne pas être moi.

En entendant cette étrange supposition, Adhémar sembla se transformer en modèle potentiel pour un sculpteur désireux de réaliser une statue à la gloire de l'incompréhension la plus totale.

— Comment pourriez-vous ne pas être vous ? Chacun est soi. Nous sommes tous nous. Vous, vous êtes vous, moi moi, lui lui (il désignait le barman).

— Luiluiouivouvououimoimoipassûr.

Attendez, c'est quoi ce charabia évoquant le hurlement d'un indien maladroit venant de se planter une flèche dans le pied…? Ah, ce n'est pas un seul mot. Ouf, j'ai eu peur, j'ai cru un instant qu'il se mettait à parler papou ou inuit, subitement. Vous imaginez les difficultés pour trouver un traducteur de ce genre de langage ? Même à l'ONU, on ne doit pas avoir ça sous la main. Bien, reprenons posément en décomposant :

— Lui lui, oui ; vous vous, oui ; moi moi, pas sûr.

Notre fonctionnaire prit une profonde inspiration.

— Je sens que vous allez m'expliquer. Et peut-être même que je vais comprendre.

— Je vais, et vous allez. Voilà : Tout a commencé à ma naissance. Ou plutôt à notre naissance, puisque nous étions deux jumeaux. On se ressemblait comme deux gouttes du lait de notre nourrice.

Nous avions les mêmes cheveux blonds, rares, fins et bouclés, le même front délicatement bombé, le même petit nez retroussé, la même bouche, le même menton avec la même fossette, le même hochet mais ça c'est parce que nous avions la même marraine, radine au point d'en avoir acheté un seul pour nous deux.

Pour vous dire jusqu'où nous avions poussé le mimétisme, nous avions le même nom patronymique, la même date de naissance, les mêmes parents. Chacun de nous avait un frère jumeau...

Bref, il était impossible de nous différencier l'un de l'autre.

— C'est impossible, objecta Adhémar.

— C'est ce que j'ai dit.

— Non, c'est impossible qu'il n'ait pas été possible de vous différencier. Il y avait fatalement une petite différence entre vous, un minuscule détail. Je ne sais pas, moi, aucun de vous deux n'était hydrocéphale, bossu, manchot, borgne…?

— Absolument pas. Cela dit, c'est vrai, non pas un

mais deux détails nous différenciaient.

— Ah, vous voyez bien. Lesquels ?

— Moi, je n'avais pas le même prénom que mon frère, et lui avait aussi un prénom différent du mien. Moi, c'était Pierre, et lui, Paul.
Seulement, comme on ne pouvait pas savoir lequel était Pierre et lequel était Paul, ça ne résolvait pas vraiment le problème, reconnaissez le.

Monsieur Fluet soupira :

— Évidemment.

Pierre Lassou (ou Paul, à ce stade, allez savoir…) continua.

— Et puis un jour, ce fut le drame. Un matin, l'un de nous deux fut retrouvé mort dans son petit lit.

— Votre frère, crut deviner Adhémar.

— Justement, c'est ce qu'on a prétendu à l'époque. Mais comment pouvait-on vraiment savoir duquel des deux il s'agissait ? La seule façon d'avoir une certitude aurait été de faire dire son prénom au survivant, mais on n'a même pas essayé, paraît-il, sous prétexte qu'il n'avait que huit mois.
Vous comprenez maintenant mon angoisse ? Depuis bientôt trente ans, je suis rongé par le doute comme une carotte primeur par un lapin de garenne affamé : Est-ce qu'en réalité ce ne serait pas moi qui suis mort en bas âge ? Auquel cas je ne serais pas moi, mais mon frère !

D'un geste rassurant, l'employé de ministère posa sa main (droite) sur l'épaule (gauche) de son interlocuteur.

— Mon ami, vous avez frappé à la bonne porte. Je vais apporter la sérénité à votre âme tourmentée en vous démontrant de façon irréfutable que vous ne pouvez pas être votre frère.
L'autre était rayonnant.
— C'est vrai ? Vous pouvez faire ça ?
— Mais oui, suivez mon raisonnement. Nous nous sommes rencontrés il y a environ une heure, n'est-ce pas ?
— C'est indéniable.
— Comment aurions-nous pu nous rencontrer il y a environ une heure, si vous étiez mort depuis trente ans ?
Lassou bondit et se mit à danser de joie.
— Mais c'est vrai, ça ! Si ce n'était pas moi le survivant, c'est mon jumeau et non moi que vous auriez rencontré il y a environ d'une heure...
Oh, merci, merci. Maintenant, je suis sûr d'être moi. Vous m'avez rendu la vie que je pensais avoir peut-être perdue depuis près de trois décennies...
Un tel service n'a pas de prix. C'est... Je... Je... Adhémar, dorénavant, tu es mon ami. Que dis-je, mon ami ? Tu es mon frère, voilà, mon frère. Laisse moi t'embrasser.
Mais cet élan de soudaine tendresse reconnaissante fut stoppé par la réaction de Monsieur Fluet. Celui-ci s'était brusquement levé, les membres battants, le cœur livide, le teint flageolant, et je me demande si je n'ai pas un peu confondu, là. Attendez, j'ai une idée, on va condenser, ça simplifiera tout.

Je recommence :

Les coeurteinmembres flageolivibattants, Monsieur Fluet s'était brusquement levé.

Pardon ? Vous trouvez ça absolucomplétotalement nulabsurdidiot... Merci beaucoup, votre appréciation me va droit au teint, aux membres ou au cœur, je ne sais plus trop, du coup.

Bref, Monsieur Fluet ne put que balbutier d'une voix blanche :

— Pierre, c'est affreux.

Son nouveau parent ne put cacher sa surprise.

— Voyons, Adhémar, que t'arrive-t-il ?

— Et cesse de m'appeler Adhémar, voyons ! C'est ridicule à présent.

Devant Nahurie, l'ami de Lassou... Hein ? Mais d'où sort-il celui-là ? Et depuis quand l'homme qui est maintenant sûr de ne pas être son propre frère a-t-il un ami portant ce patronyme idiot ?

Ah mais non... ! les mots de cette phrase ne sont pas dans le bon ordre, tout simplement. Devant l'ami Nahurie de Lassou, voulais-je dire... Et c'est toujours aussi obscur parce que d'où peut bien tomber ce mec dont absolument personne n'a entendu parler jusqu'à présent, mille tonnerres !

Une minute, je réfléchis...

Ça y est, j'ai trouvé, c'est encore une question de confusion euphonique. Reprenons :

Devant non pas *l'ami Nahurie* mais *la mine ahurie* de Lassou, il ajouta :

— Mais tu ne comprends donc pas ? Si désormais

je suis ton frère, ça signifie que désormais c'est moi, Paul, qui suis mort en bas âge il y a trente ans…

FIN